春华秋实

经典书系

# 落花生

LUOHUASHENG
XUDISHAN ZHUANJI

经典美文阅读

许地山◎著

北方联合出版传媒（集团）股份有限公司
万卷出版公司

图书在版编目（CIP）数据

落花生 / 许地山著 . —沈阳 : 万卷出版公司 , 2012.12（2022.1 重印）
（春华秋实经典书系）
ISBN 978-7-5470-1892-7

Ⅰ . ①落… Ⅱ . ①许… Ⅲ . ①小说集－中国－现代②散文集－中国－现代 Ⅳ . ① I216.2

中国版本图书馆 CIP 数据核字 (2012) 第 090588 号

出版发行：北方联合出版传媒（集团）股份有限公司
万卷出版公司
（地址：沈阳市和平区十一纬路25号 邮编：110003）
印 刷 者：北京一鑫印务有限责任公司
经 销 者：全国新华书店
幅面尺寸：170mm × 240mm
字　　数：128千字
印　　张：13
出版时间：2012年12月第1版
印刷时间：2022年1月第2次印刷
责任编辑：张洋洋
封面设计：范　娇
版式设计：范　娇
责任校对：高　辉
ISBN 978-7-5470-1892-7
定　　价：48.00元

联系电话：024-23284090
邮购热线：024-23284050
传　　真：024-23284521

许地山，台湾台南人，1894 年 2 月 4 日出生于台湾台南一个爱国志士的家庭，1941 年 8 月 4 日卒于香港。现代作家、学者。名赞堃，字地山，笔名落花生。1917 年考入燕京大学，曾积极参加五四运动，合办《新社会》旬刊。1920 年毕业时获文学学士学位。1921 年，许地山与沈雁冰、叶圣陶、郑振铎等 12 人，发起成立了文学研究会，并创办《小说月报》。1922 年又毕业于燕大宗教学院。1923—1926 年在美国哥伦比亚大学研究院和英国牛津大学研究宗教史、哲学、民俗学等。回国途中短期逗留印度，研究梵文及佛学。1927 年起任燕京大学教授、《燕京学报》编委，并在北京大学、清华大学兼课。1935 年因与燕大校长司徒雷登不合，去香港大学任教授。

许地山于 1921 年发表第一篇小说《命命鸟》，接着又发表了代表作小说《缀网劳蛛》。他的早期小说取材独特，情节奇特，想象丰富，充满浪漫气息，呈现出浓郁的南国风味和异域情调。他虽在执著地探索人生的意义，却又表现出玄想成分和宗教色彩。20 世纪 20 年代末以后所写的小说，保持清新的格调，但已转向对群众切实的描写和对黑暗现实的批判，写得苍劲而坚实，《春桃》便是这一倾向的代表作。他的创作并不丰硕，但在文坛上却独树一帜。

许地山的散文亦是中国现代文学史上一道独特的风景。其文或禅意浓厚，富于哲理；或浪漫温馨，富有诗意；或充满热忱，激扬文字。其散文集《空山灵雨》便是早期代表作，充分体现出许地山的写作风格——质朴、清丽，又充满哲学和宗教的气息。散文名篇《落花生》便是出自这一作品集。

本书分为散文辑和小说辑两部分，精选了许地山先生的散文代表作及小说代表作，包括散文《落花生》《春的林野》《先农坛》，小说《春桃》《缀网劳蛛》等。这些作品既充分体现出许地山先生的创作特色，又适合当下中小学生阅读。

为使青少年阅读更加方便，领悟更加深刻，我们在每篇文章前加了一段导读，或介绍作品的发表背景，或介绍作品的主要内容，或分析作品所要表达的思想，这使文章的可读性大大加强。希望本书能够丰富青少年的内心，成为青少年朋友学习课本知识外的好伙伴。

# 目录

## 散文辑

小说辑

# 散文辑

许地山的散文以“质朴淳厚，意境深远”取胜。与同时代其他散文大家相比，许地山散文中的空灵意味使他显得与众不同。

许地山的空灵美包括几个层面的美。首先，这是一种意境美。艺术品之所以称为艺术品，就是因为它能为人们开拓一个审美想象的空间，开动人的想象去补充，这样的艺术品才能获得艺术生命。因此，对空灵的直接理解就是在作品中留有“艺术空白”，就是给读者一片自由想象的广阔天地！

其次，这种空灵还可以作为“灵的空间”来理解，它是立体的、无边的，不但有广度而且还有深度，所以能在意境中以壮阔幽深的空间呈现出一种高超莹洁的宇宙意识和生命情调的作品，才能称得上空灵。许地山的散文作品常常出现心与自然的交流与碰撞，正是因为这样，其作品的艺术张力才得以超越时间，超越空间，展示其博大的胸襟，莹洁的灵魂，留给读者一个清新的世界。

空灵的第三层含义在于透明澄澈。象外之意、画外之情，都是要通过有限的艺术形象达到无限的艺术意境。因此，我们所说的“空灵”，不是空旷无物，而是有无穷的景、无穷的意闪烁其间，层层辉映，形成一种“透明的含蓄”。

# 愿

## 导读：

《愿》中，妻子带着佛家的慈悲祈愿，但丈夫却没有附和她，却只愿“做调味底精盐，渗入等等食品中，把自己底形骸融散，且回复当时在海里底面目，使一切有情得尝咸味，而不见盐体”。这里体现了作者崇尚的是于无形之中默默奉献，朴实、平凡却不失伟大。

南普陀寺里底大石，雨后稍微觉得干净，不过绿苔多长一些。天涯底淡霞好像给我们一个天晴底信。树林里底虹气，被阳光分成七色。树上，雄虫求雌底声，凄凉得使人不忍听下去。妻子坐在石上，见我来，就问："你从哪里来？我等你许久了。"

"我领着孩子们到海边捡贝壳咧。阿琼捡着一个破贝，虽不完全，里面却像藏着珠子底样子。等他来到，我教他拿出来给你看一看。"

"在这树荫底下坐着，真舒服呀！我们天天到这里来，多么好呢！"

妻说："你哪里能够？……"

"为什么不能？"

"你应当作荫，不应当受荫。"

"你愿我作这样底荫么？"

"这样底荫算什么！我愿你作无边宝华盖，能普荫一切世间诸有情；愿你为如意净明珠，能普照一切世间诸有情；愿你为降魔金刚杵，能破坏一切世间诸障碍；愿你为多宝盂兰盆，能盛百味，滋养一切世间诸饥渴者；愿你有六手，十二手，百手，千万手，无量数那由他如意手，能成全一切世间等等美善事。"

我说："极善，极妙！但我愿做调味底精盐，渗入等等食品中，

把自己底形骸融散，且回复当时在海里底面目，使一切有情得尝咸味，而不见盐体。”

妻子说：“只有调味，就能使一切有情都满足吗？”

我说：“盐底功用，若只在调味，那就不配称为盐了。”

（本文原载于1922年4月《小说月报》第13卷第4号）

# 山响

导读：

本文篇幅虽小，却蕴含了深刻的寓意。作者巧用比喻、拟人等修辞手法，给群山万物赋予了灵性。许地山的宗教情怀贯穿在他的诸多作品之中，其“生本不乐”的思想在本文中也得到了很好的体现。作者向往寂灭，欲求解脱的倦世之感跃然纸上。

群峰彼此谈得呼呼地响。它们底话语，给我猜着了。

这一峰说："我们底衣服旧了，该换一换啦。"

那一峰说："且慢罢，你看，我这衣服好容易从灰白色变成青绿色，又从青绿色变成珊瑚色和黄金色。质虽是旧的，可是形色还不旧。我们多穿一会罢。"

正在商量底时候，它们身上穿底，都出声哀求说："饶了我们，让我们歇歇罢。我们底形态都变尽了，再不能为你们争体面了。"

"去罢，去罢，不穿你们也算不得什么。横竖不久我们又有新的穿。"群峰都出着气这样说。说完之后，那红的、黄的彩衣就陆续褪下来。

我们都是天衣，那不可思议的灵，不晓得甚时要把我们穿着得非常破烂，才把我们收入天橱。愿他多用一点气力，及时用我们，使我们得以早早休息。

（本文原载于1922年4月《小说月报》第13卷第4号）

# 梨花

## 导读：

许地山以细腻的笔触，为我们勾勒出这篇意境优美的散文佳作。本文精练的语言以及传神的描写展现出了姐妹雨中赏花的每一个细节，同时也凸显了两人不同的性格与兴趣爱好。字里行间流露出作者对童真生活的赞美与向往。

她们还在园里玩，也不理会细雨丝丝穿入她们的罗衣。池边梨花的颜色被雨洗得更白净了，但朵朵都懒懒地垂着。

姊姊说："你看，花儿都倦得要睡了！"

"待我来摇醒他们。"

姊姊不及发言，妹妹的手早已抓住树枝摇了几下。花瓣和水珠纷纷地落下来，铺得银片满地，煞是好玩。

妹妹说："好玩啊，花瓣一离开树枝，就活动起来了！"

"活动什么？你看，花儿的泪都滴在我身上哪。"姊姊说这话时，带着几分怒气，推了妹妹一下。她接着说："我不和你玩了；你自己在这里罢。"

妹妹见姊姊走了，直站在树下出神。停了半晌，老妈子走来，牵着她，一面走着，说："你看，你的衣服都湿了；在阴雨天，每日要换几次衣服，教人到哪里找太阳给你晒去呢？"

落下来的花瓣，有些被她们的鞋印入泥中；有些粘在妹妹身上，被她带走；有些浮在池面，被鱼儿衔入水里。那多情的燕子不歇把鞋印上的残瓣和软泥一同衔在口中，到梁间去，构成它们的香巢。

（本文原载于1922年5月《小说月报》第13卷第5号）

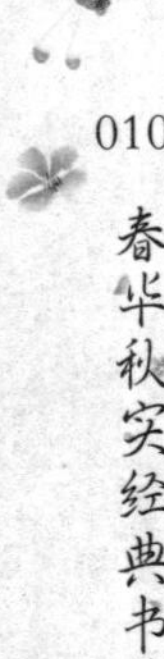

# 万物之母

## 导读：

本文创作于辛亥革命后。作者看到了革命的不彻底，中国陷入了军阀割据的混战局面中。人们苦不堪言，生活的处处都被战祸累及。《万物之母》就是在这样的社会环境下创作出来的。人人都无法逃脱战争所带来的苦难。战乱中失去孩子的寡妇苦苦寻“子”，就连一付骷髅都能给她带来些许安慰，真挚的爱子之情跃然纸上。作者在讲述这个悲壮的故事时，流露出了对战争的愤怒，甚至于每一个字都像对战争的控诉。

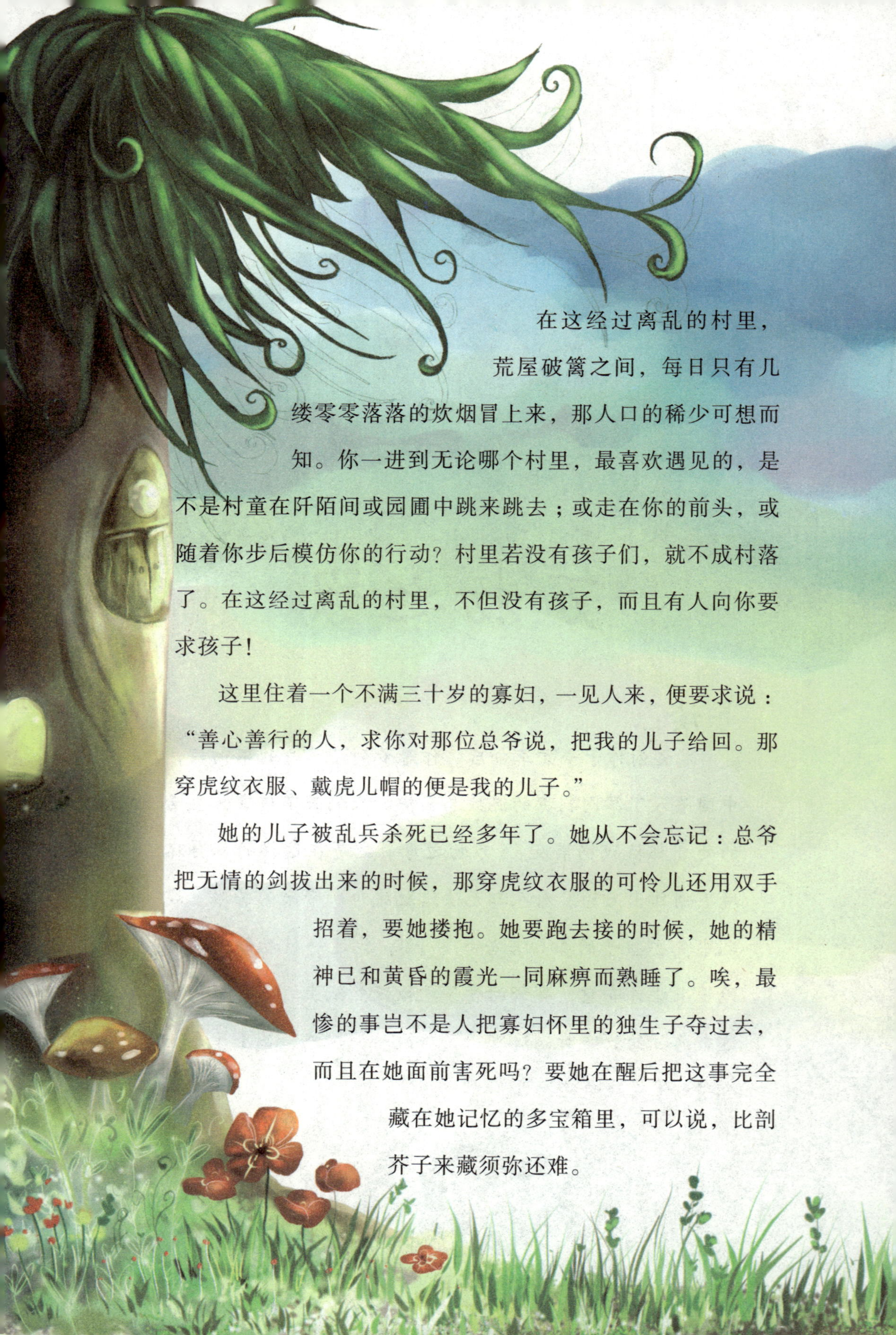

在这经过离乱的村里，荒屋破篱之间，每日只有几缕零零落落的炊烟冒上来，那人口的稀少可想而知。你一进到无论哪个村里，最喜欢遇见的，是不是村童在阡陌间或园圃中跳来跳去；或走在你的前头，或随着你步后模仿你的行动？村里若没有孩子们，就不成村落了。在这经过离乱的村里，不但没有孩子，而且有人向你要求孩子！

这里住着一个不满三十岁的寡妇，一见人来，便要求说：“善心善行的人，求你对那位总爷说，把我的儿子给回。那穿虎纹衣服、戴虎儿帽的便是我的儿子。”

她的儿子被乱兵杀死已经多年了。她从不会忘记：总爷把无情的剑拔出来的时候，那穿虎纹衣服的可怜儿还用双手招着，要她搂抱。她要跑去接的时候，她的精神已和黄昏的霞光一同麻痹而熟睡了。唉，最惨的事岂不是人把寡妇怀里的独生子夺过去，而且在她面前害死吗？要她在醒后把这事完全藏在她记忆的多宝箱里，可以说，比剖芥子来藏须弥还难。

她的屋里排列了许多零碎的东西，当时她儿子玩过的小团也在其中。在黄昏时候，她每把各样东西抱在怀里说："我的儿，母亲岂有不救你，不保护你的？你现在在我怀里咧。不要作声，看一会人来又把你夺去。"可是一过了黄昏，她就立刻醒悟过来，知道那所抱的不是她的儿子。

那天，她又出来找她的"命"。月的光明蒙着她，使她在不知不觉间进入村后的山里。那座山，就是白天也少有人敢进去，何况在盛夏的夜间，杂草把樵人的小径封得那么严！她一点也不害怕，攀着小树，缘着茑重，慢慢地上去。

她坐在一块大石上歇息，无意中给她听见了一两声的儿啼。她不及判别，便说："我的儿，你藏在这里么？我来了，不要哭啦。"

她从大石上下来，随着声音的来处，爬入石下一个洞里。但是里面一点东西也没有。她很疲乏，不能再爬出来，就在洞里睡了一夜。

第二天早晨，她醒时，心神还是非常恍惚。她坐在石上，耳边还留着昨晚上的儿啼声，这当然更要动她的心，所以那方从霭云被里攒出来的朝阳无力把她脸上和鼻端的珠露晒干了。她在瞻顾中，才看出对面山岩上坐着一个穿着虎纹衣服的孩子。可是她看错了！那边坐着的，是一只虎子；它的声音从那边送来很象儿啼。她立即离开所坐的地方，不管当中所隔的谷有多么深，尽管攀援着，向那边去。不幸早露未干，所依附的都很湿滑，一失手，就把她溜到谷底。

她昏了许久才醒回来。小伤总免不了，却还能够走动。她爬着，看见身边暴露了一付小骷髅。

“我的儿，你方才不是还在山上哭着么？怎么你母亲来得迟一点，你就变成这样？”她把髑髅抱住，说，“呀，我的苦命儿，我怎能把你医治呢？”悲苦尽管悲苦，然而，自她丢了孩子以后，不能不算这是她第一次的安慰。

从早晨直到黄昏，她就坐在那里，不但不觉得饿，连水也没喝过。零星几点，已悬在天空，那天就在她的安慰中过去了。

她忽然想起幼年时代，人家告诉她的神话，就立起来说：“我的儿，我抱你上山顶，先为你摘两颗星星下来，嵌入你的眼眶，教你看得见；然后给你找香象的皮肉来补你的身体。可是你不要再哭，恐怕给人听见，又把你夺过去。”

“敬姑，敬姑。”找她的人们在满山中这样叫了好几声，也没有一点回响。

“也许她被那只老虎吃了。”

“不，不对。前晚那只老虎是跑下来捕云哥圈里的牛犊被打死的。如果那东西把敬姑吃了，决不再下山来赴死。我们再进深一点找吧。”

唉，他们的工夫白费了！纵然找着她，若是她还没有把星星抓在手里，她心里怎能平安，怎肯随着他们回来？

（本文原载于1922年5月《小说月报》第13卷第5号）

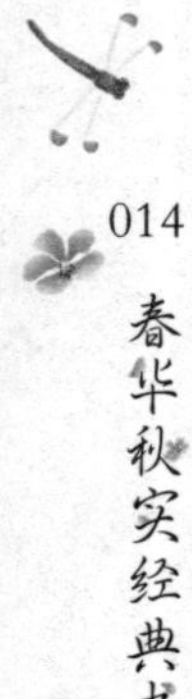

# 春的林野

## 导读：

《春的林野》是许地山散文的代表作，1925 年被收入《空山灵雨》中。许地山的散文中，经常隐含着宗教背后的哲理，然而也不乏萦绕于心水穷云起的自然之趣。本文便是一篇极富灵性的作品。作者赋予大自然以人的灵性，比喻、拟人等修辞手法的运用也使得烂漫的春光动起来。万物的灵动与孩子们的天真无邪交相呼应，呈现出一片生机盎然的景象。

春光在万山环抱里，更是泄露得迟。那里的桃花还是开着；漫游的薄云从这峰飞过那峰，有时稍停一会，为的是挡住太阳，教地面的花草在它的荫下避避光焰的威吓。

岩下的荫处和山溪的旁边满长了薇蕨和其他凤尾草。红、黄、蓝、紫的小草花点缀在绿茵上头。

天中的云雀，林中的金莺，都鼓起它们的舌簧。轻风把它们的声音挤成一片，分送给山中各样有耳无耳的生物。桃花听得入神，禁不住落了几点粉泪，一片一片凝在地上。小草花听得大醉，也和着声音的节拍一会儿倒，一会儿起，没有镇定的时候。

林下一班孩子正在那里捡桃花的落瓣哪。他们捡着，清儿忽嚷起来，道："嗄，邕邕来了！"众孩子住了手。都向桃林的尽头盼望。果然邕邕也在那里摘草花。

清儿道："我们今天可要试试阿桐的本领了。若是他能办得到。我们都把花瓣穿成一串璎珞围在他身上，封他为大哥如何？"

众人都答应了。

阿桐走到邕邕面前，道："我们正等着你来呢。"

阿桐的左手盘在邕邕的脖上，一面走一面说："今天他们要替

你办嫁妆，教你做我的妻子。你能做我的妻子么？”邕邕狠视了阿桐一下，回头用手推开他，不许他的手再搭在自己脖上。孩子们都笑得支持不住了。

众孩子嚷道：“我们见过邕邕用手推人了！阿桐赢了！”邕邕从来不会拒绝人，阿桐怎能知道一说那话，就能使她动手呢？是春光的荡漾，把他这种心思泛出来呢？或者，天地之心就是这样呢？

你且看：漫游的薄云还是从这峰飞过那峰。

你且听：云雀和金莺的歌声还布满了空中和林中。在这万山环抱的桃林中，除那班爱闹的孩子以外，万物把春光领略得心眼都迷蒙了。

（本文原载于1922年5月《小说月报》第13卷第5号）

# 疲倦的母亲

## 导读：

孩子的世界，总是那么单纯，在孩子的眼中，新鲜事物所带来的新奇是那么有趣。而在大人的世界里，窗外的风景，并没有那么生趣，他们所想要的只是片刻的安宁。文中的母亲的倦怠与孩子的兴奋形成鲜明的对比，作者借此反映出人生不同阶段的不同状态，同时，也反映出不同的人生态度。

那边一个孩子靠近车窗坐着，远山，近水，一幅一幅，次第嵌入窗户，射到他底眼中。他手画着，口中还咿咿呀呀地，唱些没字曲。

在他身边坐着一个中年妇女，支着头瞌睡。孩子转过头来，摇了她几下，说：“妈妈，你看看，外面那座山很像我们家门前的呢。”

母亲举起头来，把眼略睁一睁，没有吱声，又支着头瞌睡去了。

过一会，孩子又摇她，说：“妈妈，不要睡罢，看睡出病来了。你且睁一睁眼看看外面八哥和牛打架呢。”

母亲把眼略略张开，轻轻打了孩子一下，没有做声，又支着头睡去了。

孩子鼓着腮，很不高兴。但过一会，他又唱起歌来了。

“妈妈，听我唱歌罢。”孩子对着她说了，又摇了她几下。

母亲带着不喜欢的样子说：“你闹什么？我都见过，都听过，都知道了。你不知道我很疲乏，不容我歇一下吗？”

孩子说：“我们是一起出来的，怎么我还顶精神，你就疲乏起来了呢？难道大人不如孩子么？”

车还在森林平畴间穿行着。车中底人，除那孩子和一二个旅客以外，少有不像他母亲那么酣睡底。

（本文原载于1922年6月《小说月报》第13卷第6号）

# 落花生

## 导读：

本文是许地山的散文代表作之一，曾被选入中小学语文教材。文字质朴，笔调清新，叙述了作者童年生活的一个小片段，从种花生到收花生，再到议花生，一气呵成。父亲引导作者和他的兄弟姐妹们知道了花生的很多用途，也了解了做人的道理“做人要做有用的人，不要做伟大、体面的人”。

我们屋后有半亩隙地。母亲说："让它荒芜着怪可惜，既然你们那么爱吃花生，就辟来做花生园罢。"我们几姊弟和几个小丫头都很喜欢——买种的买种，动土的动土，灌园的灌园；过不了几个月，居然收获了！

妈妈说："今晚我们可以做一个收获节，也请你们爹爹来尝尝我们的新花生，如何？"我们都答应了。母亲把花生做成好几样的食品，还吩咐这节期要在园里的茅亭举行。

那晚上的天色不太好，可是爹爹也到来，实在很难得！爹爹说："你们爱吃花生么？"

我们都争着答应："爱！"

"谁能把花生的好处说出来？"

姐姐说："花生的气味很美。"

哥哥说："花生可以制油。"

我说："无论何等人都可以用贱价买他来吃；都喜欢吃他。这就是他的好处。"

爹爹说："花生的用处固然很多；但有一样是很可贵的。这小小的豆不像那好看的苹果、桃子、石榴，把它们的果实悬在枝上，鲜红嫩绿的颜色，令人一望而发生羡慕之心。他只把果子埋在地

底，等到成熟，才容人把他挖出来。你们偶然看见一棵花生瑟缩地长在地上，不能立刻辨出他有没有果实，非得等到你接触他才能知道。”

我们都说："是的。”母亲也点点头。爹爹接下去说："所以你们要像花生，因为它是有用的，不是伟大、好看的东西。”我说："那么，人要做有用的人，不要做伟大、体面的人了。”爹爹说："这是我对于你们的希望。”

我们谈到夜阑才散，所有花生食品虽然没有了，然而父亲的话现在还印在我心版上。

（本文原载于 1922 年 6 月《小说月报》第 13 卷第 6 号）

# 上景山

## 导读：

本文是许地山后期散文的代表作之一，也是一篇非常优美的游记散文。文章创作于九一八事件后，日本的侵略者正一步步逼近北平。作者通过描写自己登景山，影射了当时的社会现状。冷峻的批判，矛头直指国民党当局以及那些依附于国民党政府的文人。同时，作者也期待早日有一个稳定的政治生活环境，远离社会危机和灾难。

无论那一季，登景山，最合宜的时间是在清早或下午三点以后。晴天，眼界可以望到天涯底朦胧处；雨天，可以欣赏雨脚底长度和电光底迅射；雪天，可以令人咀嚼着无色界底滋味。

在万春亭上坐着，定神看北上门后底马路（从前路在门前，如今路在门后），尽是行人和车马，路边底梓树都已掉了叶子。不错，已经立冬了，今年天气可有点怪，到现在还没冻冰。多谢芰荷底业主把残茎都去掉，教我们能看见紫禁城外护城河底水光还在闪烁着。

神武门上是关闭得严严地。最讨厌是楼前那枝很长的旗杆，侮辱了全个建筑底庄严。门楼两旁树它一对，不成吗？禁城上时时有人在走着，恐怕都是外国的旅人。

皇宫一所一所排列着非常整齐。怎么一个那么不讲纪律底民族，会建筑这么严肃的宫廷？我对着一片黄瓦这样想着。不，说不讲纪律未免有点过火，我们可以说这民族是把旧的纪律忘掉，正在找一个新的咧。新的找不着，终久还要回来底。北京房子，皇宫也算在里头，主要的建筑都是向南底，谁也没有这样强迫过建筑者，说非这样修不可。但纪律因为利益所在，在不言中被遵守了。夏天受着解愠的熏风，冬天接着可爱的暖日，只要守着盖房子底法则，这利益是不用争而自来的。所以我们要问，在我们底政治社会里有这样的熏风和暖日吗？

最初在崖壁上写大字铭功底是强盗底老师，我眼睛看着神武门上底几个大字，心里想着李斯。皇帝也是强盗底一种，是个白痴强盗。他抢了天下，把自己监禁在宫中，把一切宝物聚在身边，以为他是富有天下。这样一代过一代，到头来还是被他底糊涂奴仆，或贪婪臣宰，讨，瞒，偷，换，到连性命也不定保得住。这岂不是个白痴强盗？在白痴强盗底下才会产出大盗和小偷来。一个小偷，多少总要有一点跳女墙钻狗洞底本领，有他底禁忌，有他底信仰和道德。大盗只会利用他底奴性去请托攀缘，自赞赞他，禁忌固然没有，道德更不必提。谁也不能不承认盗贼是寄生人类底一种，但最可杀的是那班为大盗之一底斯文贼。他们不像小偷为延命去营鼠雀底生活；也不像一般的大盗，凭着自己的勇敢去抢天下。所以明火打劫底强盗最恨底是斯文贼。这里我又联想到张献忠。有一次他开科取士，檄诸州举贡生员后至者妻女充院，本犯剥皮，有司教官斩，连坐十家。诸生到时，他要他们在一丈见方底大黄旗上写个帅字，字画要像斗底粗大，还要一笔写成。一个生员王志道缚草为笔，用大缸贮墨汁将草笔泡在缸里，三天，再取出来写。果然一笔写成了。他以为可以讨献忠底喜欢，谁知献忠说，“他日图我必定是你。”立即把他杀来祭旗。献忠对待念书人是多么痛快。他知道他们是寄生底寄生。他底使命是来杀他们。

东城西城底天空中，时见一群一群旋飞底鸽子。除去打麻雀，逛窑子、上酒楼以外，这也是一种古典的娱乐。这种娱乐也来得群众化一点。它能在空中发出和悦的响声，翩翩地飞绕着，教人觉得在一个灰白色的冷天，满天乱飞乱叫底老鸹底讨厌。然而在刮大风底时候，若是你有勇气上景山底最高处，看看天安门楼屋脊上的鸦群，噪叫底声音是听不见，它们随风飞扬，直像从什么大树飘下来底败叶，凌乱得有意思。万春亭周围被挖得东一沟，西一窟。据说是管宫底当局挖来试看煤山是不是个大煤堆，像历来的传说所传底，我心里暗笑信这说底人们。是不是因为北宋亡国底时候，都人在城被围时，拆毁艮岳底建筑木材去充柴火，所以计划建筑北京底人预先堆起一大堆煤，万一都城被围底时，人民可以不拆宫殿。这是笨想头。若是我来计划，最好来一个米山。米在万急的时候，也可以生吃，煤可无论如何吃不得。又有人说景山是太行底最终一峰。这也是瞎说。从西山往东几十里平原，可怎么不偏不颇，在北京城当中出了一座景山？若说北京底建设就是对着景山底子午，为什么不对北海底琼岛？我想景山明是开紫禁城外庇护城河所积底土，琼岛也是垒积从北海挖出来底土而成底。

从亭后底栝树缝里远远看见鼓楼。地安门前后底大街，人马默默地走，城市底喧嚣声，一点也听不见。鼓楼是不让正阳门那样雄壮地挺着。它底名字，改了又改，一会是明耻楼，一会又是齐政楼，现在大概又是明耻楼吧。明耻不难，雪耻得努力。只怕市民能明白那耻底还不多，想来是多么可怜。记得前几年“三民主义”“帝国主义”这套名词随着北伐军到北平底时候，市民看些篆字标语，好像都明白各人蒙着无上的耻辱，而这耻辱是由于帝国主义底压迫。所以大家也随声附和，唱着打倒和推翻。

从山上下来，崇祯殉国底地方依然是那棵半死的槐树。据说树上原有一条链子锁着，庚子联军入京以后就不见了。现在那枯槁的部分，还有一个大洞，当时的链痕还隐约可以看见。义和团运动底结果，从解放这棵树，发展到解放这民族。这是一件多么可以发人深思底对象呢？山后底柏树发出清恬底香气，好像是对于这地方底永远供物。

寿皇殿锁闭得严严地，因为谁也不愿意努尔哈赤底种类再做白痴的梦。每年底祭祀不举行了，庄严的神乐再也不能听见，只有从乡间进城来唱秧歌底孩子们，在墙外打底锣鼓，有时还可以送到殿前。

到景山门，回头仰望顶上方才所坐底地方，人都下来了。树上几只很面熟却不认得底鸟在叫着。亭里残破的古佛还坐着结那没人能懂底手印。

（本文原载于1934年12月《太白》第1卷第6期）

# 先农坛

## 导读：

本文与《上景山》发表时间相隔不久，可并称为“姊妹篇”。文章借景抒情，既有对先农坛衰败的描写，暗示当时的社会现状，又有对松树的描写，以此来象征中华民族百折不挠的精神。作者见到某些市民随意拆毁文物，心痛不已，然而想到国人如青松般的意志，又重拾希望，相信中国人是压不垮的，一定会战胜敌人。

曾经一度繁华过底香厂，现在剩下些破烂不堪的房子，偶尔经过，只见大兵们在广场上练国技。望南再走，排地摊底犹如往日，只是好东西越来越少，到处都看见外国来底空酒瓶，香水樽，胭脂盒，乃至簇新的东洋瓷器，估衣摊上的不入时底衣服，“一块八”、“两块四”叫卖底伙计连翻带地兜揽，买主没有，看主却是很多。

在一条凹凸得格别底马路上走，不觉进了先农坛底地界。从前在坛里唯一新建筑，“四面钟”，如今只剩一座空洞的高台，四围的柏树早已变成富人们底棺材或家私了。东边一座礼拜寺是新的。球场上还有人在那里练习。绵羊三五群，遍地披着枯黄的草根。风稍微一动，尘土便随着飞起，可惜颜色太坏，若是雪白或朱红，岂不是很好的国货化妆材料？

到坛北门，照例买票进去。古柏依旧，茶座全空。大兵们住在大殿里，很好看底门窗，都被拆作柴火烧了。希望北平市游览区划定以后，可以有一笔大款来修理。北平底旧建筑，渐次少了，房主不断地卖折货。像最近的定王府，原是明朝胡大海底府邸，论起建筑的年代足有五百多年。假若政府有心保存北平古物，决不至于让市民随意拆毁。拆一间是少一间。现在坛里，大兵拆起公有建筑来了。爱国得先从爱惜公共的产业做起，得先从爱惜历史的陈迹做起。

观耕台上坐着一男二女，正在密谈，心情的热真能抵御环境底冷。桃树柳树都脱掉叶衣，做三冬底长眠，风摇鸟唤，都不听见。雩坛边的鹿，伶俐的眼睛隙望着过路底人。游客本来有三两个，它们见了格外相亲。在那么空旷的园囿，本不必拦着它们，只要四围开上七八尺深底沟，斜削沟的里壁，使当中成一个圆丘，鹿放在当中，虽没遮栏也跳不上来。这样，园景必定优美得多。星云坛比岳渎坛更破烂不堪。干篙败艾，满布在砖缝瓦罅之间，拂人衣裾，便发出一种清越的香味。老松在夕阳底下默然站着。人说它像盘旋的虬龙，我说它像开屏的孔雀，一颗一颗底松球，衬着暗绿的针叶，远望着更像得很。松是中国人底理想性格，画家没有不喜欢画它。孔子说它后凋还是屈了它，应当说它不凋才对。英国人对于橡树底情感就和中国对于松树底一样。中国人爱松并不尽是因为它长寿，乃是因它当飘风飞雪底时节能够站得住，生机不断，可发荣底时间一要，便又青绿起来。人对着松树是不会失望的，它能给人一种兴奋，虽然树上留着许多枯枝丫，看来越发增加它底壮美。就是枯死，也不像别的树木等闲地倒下来。千年百年是那么立着，藤萝缠它，薜荔粘它，都不怕，反而使它更优越更秀丽，古人说松籁好听得像龙吟。

龙吟我们没有听过，可是它所发出底逸韵，真能使人忘掉名利，动出尘底想头。可是要记得这样的声音，决不是一寸一尺底小松所能发出，非要经得百千年底磨炼，受过风霜或者吃过斧斤底亏，能够立得定以后，是做不到的。所以当年壮底时候，应学松柏底抵抗力、忍耐力，和增进力；到年衰的时候，也不妨送出清越的籁。

对着松树坐了半天。金黄色的霞光已经收了，不免离开雩坛直出大门。门外前几年挖的战壕，还没填满。羊群领着，我向着归路。道边放着一担花，卖花人站在一家门口与那淡妆底女郎讲价，不提防担里底黄花教羊吃了几棵。那人索性将两棵带泥丸底菊花向羊群猛掷过去,口里骂“你等死的羊孙子！”可也没奈何。吃剩底花散布在道上，也教车轮碾碎了。

（本文原载于1935年1月《太白》第1卷第8期）

# 乡曲的狂言

## 导读：

有过乡村生活的人都会在时过境迁之后，带着眷恋回忆。作者在本文中，便充分表达了对乡村生活的向往和眷恋。久违的田园生活、精神失常的村民构成了一幅让人浮想联翩的图景。文中细腻的描写，呈现出城乡之间生活的迥异，也表现出了作者向往自由的愿望。

在城市住久了，每要害起村庄的相思病来。我喜欢到村庄去，不单是贪玩那不染尘垢的山水，并且爱和村里的人攀谈。我常想着到村里听庄稼人说两句愚拙的话语，胜过在郡邑①里领受那些智者的高谈大论。

这日，我们又跑到村里拜访耕田的隆哥。他是这小村的长者，自己耕着几亩地，还艺一所菜园。他的生活倒是可以羡慕的。他知道我们不愿意在他矮陋的茅屋里，就让我们到篱外的瓜棚底下坐坐。

横空的长虹从前山的凹处吐出来，七色的影印在清潭的水面。我们正凝神看着，蓦然听得隆哥好像对着别人说："冲那边走吧，这里有人。"

"我也是人，为何这里就走不得？"我们转过脸来，那人已站在我们跟前。那人一见我们，应行的礼，他也懂得。我们问过他的姓名，请他坐。隆哥看见这样，也就不做声了。

我们看他不像平常人，但他有什么毛病，我们也无从说起。他对我们说："自从我回来，村里的人不晓得当我做个什么。我想我并没有坏意思，我也不打人，也不叫人吃亏，也不占人便宜，怎么他们就这般地欺负我——连路也不许我走？"

和我同来的朋友问隆哥，说："他的职业是什么？"隆哥还没做声，他便说："我有事做，我是有职业的人。"说着，便从口袋里掏出一本小折子来，对我的朋友说："我是做买卖的。我做了许

①郡邑：这里只城市。

久了，这本折子里所记的账不晓得是人该我的，还是我该人的，我也记不清楚，请你给我看看。”他把折子递给我的朋友，我们一同看，原来是同治年间的废折！我们忍不住大笑起来，隆哥也笑了。

隆哥怕他招笑话，想法子把他轰走。我们问起他的来历，隆哥说他从小在天津做买卖，许久没有消息，前几天刚回来的。我们才知道他是村里新回来的一个狂人。

隆哥说：“怎么一个好好的人到城市里就变成一个疯子回来？我听见人家说城里有什么疯人院，是造就这种疯子的。你们住在城里，可知道有没有这回事？”

我回答说：“笑话！疯人院是人疯了才到里边去；并不是把好好的人送到那里教疯了放出来的。”

“既然如此，为何他不到疯人院里住，反跑回来到处骚扰？”

“那我可不知道了。”我回答时，我的朋友同时对他说：“我们也是疯人，为何不到疯人院里住？”

隆哥很诧异地问：“什么？”

我的朋友对我说：“我这话，你说对不对？认真说起来，我们何尝不狂？倒是方才那人才不狂呢。我们心里想什么，口又不敢说，手也不敢动，只会装出一副脸孔；倒不如他想说什么便说什么，想做什么就做什么，那份诚实，是我们做不到的。我们若想起我们那些受拘束而显出来的动作，比起他那真诚的自由行动，岂不是我们倒成了狂人？这样看来，我们才疯，他并不疯。”

隆哥不耐烦地说：“今天我们都发狂了，说那个干什么？我们谈别的吧。”

瓜棚底下闲谈，不觉把印在水面的长虹惊跑了。隆哥的儿子赶着一对白鹅向潭边来。我的精神又贯注在那纯净的家禽身上。鹅见着水也就发狂了。它们互叫了两声，便拍着翅膀趋入水里，把静明的镜面踏破。

（本文原载于1922年2月《东方杂志》第19卷第4期）

# 爱流汐涨

导读：

许地山在妻子林月森去世后，陷入了极度的痛苦中。哀伤之余，他写下了许多悼念作品。本文便是其中之一，是妻子亡故百日时所作。文中并没有平铺直叙，而是采用了反衬对比的方法，表现出作者的思念之情。作为丈夫，他在人多热闹时，难免生出凄凉之感。而作为父亲，面对孩子单纯的问话，坚强背后，是直触心底的悲痛。

月儿的步履已踏过嵇家的东墙了。孩子在院里已等了许久，一看见上半弧的光刚射过墙头，便忙忙跑到屋里叫道："爹爹，月儿上来了，出来给我燃香罢。"

屋里坐着一个中年的男子，他的心负了无量的愁闷。外面的月亮虽然还像去年那么圆满，那么光明，可是他对于月亮的情绪就大不如去年了。当孩子进来叫他的时候，他就起来，勉强回答说："宝璜，今晚上不必拜月，我们到院里对着月光吃些果品，回头再出去看看别人的热闹。"

孩子一听见要出去看热闹，更喜得了不得。他说："为什么今晚上不拈香呢？记得从前是妈妈点给我的。"

父亲没有回答他。但孩子的话很多，问得父亲越发伤心了。他对着孩子不甚说话。只有向月不歇地叹息。

"爸爸今晚上不舒服么？为何气喘得那么厉害？"

父亲说："是，我今晚上病了。你不是要出去看热闹么？可以教素云姐带你去，我不能去了。"

素云是一个年长的丫头。主人的心思、性地，她本十分明白，所以家里无论大小事几乎是她一人主持。她带宝璜出门，到河边看看船上和岸上各样的灯色，便中就告诉孩子说："你爹爹今晚不舒服了，我们得早一点回去才是。"

孩子说："爹爹白天还好好地，为何晚上就害起病来？"

"唉，你记不得后天是妈妈的百日吗？"

"什么是妈妈的百日？"

“妈妈死掉，到后天是一百天的工夫。”

孩子实在不能理会那“一百日”的深层意思。素云只得说：“夜深了，咱们回家去罢。”

素云和孩子回来的时候，父亲已经躺在床上，见他们回来，就说：“你们回来了。”她跑到床前回答说：“二爷，我们回来了，晚上大哥儿可以和我同睡，我招呼他，好不好？”

父亲说：“不必。你还是睡你的罢。你把他安置好，就可以去歇息，这里没有什么事。”

这个七岁的孩子就睡在离父亲不远的一张小床上。外头的鼓乐声和树梢的月影，把孩子嬲得不能睡觉。在睡眠的时候，父亲本有命令，不许说话，所以孩子只得默听着，不敢发出什么声音。

乐声远了，在近处的杂响中，最刺激孩子的，就是从父亲那里发出来的啜泣声。在孩子的思想里，大人是不会哭的，所以他很诧异地问：“爹爹，你怕黑么？大猫要来咬你么？你哭什么？”他说着就要起来，因为他也怕大猫。

父亲阻止他，说：“爹爹今晚上不舒服，没有别的事。不许起来。”

“咦，爹爹明明哭了！我每哭的时候，爹爹说我的声音象河里水声潩潲潩潲[①]地响，现在爹爹的声音也和那个一样。呀，爹爹，别哭了，爹爹一哭，教宝璜怎能睡觉呢？”

孩子越说越多，弄得父亲的心绪更乱。他不能用什么话来对

①潩潲（xué shào）潩潲：流水声。

付孩子，只说："璜儿，我不是说过，在睡觉时不许说话么？你再说时，爹爹就不疼你了。好好地睡罢。"

孩子只复说了一句："爹爹要哭，教人怎样睡得着呢？"以后他就静默了。

这晚上的催眠歌，就是父亲的抽噎声。不久，孩子也因着这声就发出微细的鼾息，屋里只有些杂响伴着父亲发出哀音。

（原书载于《空山灵雨》，1925年6月，商务印书馆）

# 忆卢沟桥

## 导读：

1937年7月7日，卢沟桥事变（又称七七事变）爆发，这是全面抗日战争开始的象征。本文便是在这一重大历史事件发生之后创作完成的。文中记述了1933年作者与友人同游卢沟桥的经历。作者以游人的身份描绘了游览途中的所见所闻，各种景物在当时的社会背景下，有着别致的意味。夹叙夹议中，我们可以看到作者对国家命运的担心与焦虑。全文情景交融，景物描写与情感表达都淋漓尽致。

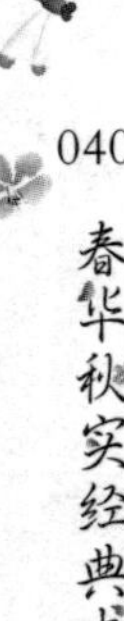

记得离北平以前，最后到卢沟桥，是在二十二年的春天。我与同事刘兆惠先生在一个清早由广安门顺着大道步行，经过大井村，已是十点多钟。参拜了义井庵的千手观音，就在大悲阁外少憩。那菩萨像有三丈多高，是金铜铸成的，体相还好，不过屋宇倾颓，香烟零落，也许是因为求愿的人们发生了求财赔本求子丧妻的事情吧。这次的出游本是为访求另一尊铜佛而来的。我听见从宛平城来的人告诉我那城附近有所古庙场了，其中许多金铜佛像，年代都是很古的。为知识上的兴趣，不得不去采访一下。大井村的千手观音是有著录的，所以也顺便去看看。

出大井村，在官道上，巍然立着一座牌坊，是乾隆四十年建的。坊东面额书“经环同轨”，西面是“荡平归极”。建坊的原意不得而知，将来能够用来做凯旋门那就最合宜不过了。

春天的燕郊，若没有大风，就很可以使人流连。树干上或土墙边蜗牛在画着银色的涎路。它们慢慢移动，像不知道它们的小介壳以外还有什么宇宙似的。柳塘边的雏鸭披着淡黄色的氄毛，映着嫩绿的新叶；游泳时，微波随蹼翻起，泛成一弯一弯动着的曲纹，这都是生趣的示现。走乏了，且在路边的墓园少住一回。

刘先生站在一座很美丽的窣窣堵坡上，要我给他拍照。在榆树荫覆之下，我们没感到路上太阳的酷烈。寂静的墓园里，虽没有什么名花、野卉倒也长得顶得意地。忙碌的蜜蜂，两只小腿粘着些少花粉，还在采集着。蚂蚁力争一条烂残的蚱蜢腿，在枯藤的根本上争斗着。落网的小蝶，一片翅膀已失掉效用，还在挣扎着。这也是生趣的示现，不过意味有点不同罢了。

闲谈着，已见日丽中天，前面宛平城也在域之内了。宛平城在卢沟桥北，建于明崇祯十年，名叫“拱北城”，周围不及二里，只有两个城门，北门是顺治门，南门是永昌门。清改拱北为拱极，永昌门为威严门。南门外便是卢沟桥。拱北城本来不是县城，前几年因为北平改市，县衙才移到那里去，所以规模极其简陋。从前它是个卫城，有武官常驻镇守着，一直到现在，还是一个很重要的军事地点。我们随着骆驼队进了顺治门，在前面不远，便见了永昌门。大街一条，两边多是荒地。我们到预定的地点去探访，果见一个庞大的铜佛头和些铜像残体横陈在县立学校里的地上。拱北城内原有观音庵与兴隆寺，兴隆寺内还有许多已无可考的广慈寺的遗物，那些铜像究竟是属于哪寺的也无从知道。我们摩挲了一回，才到卢沟桥头的一家饭店午膳。

自从宛平县署移到拱北城，卢沟桥便成为县城的繁要街市。桥北的商店民居很多，还保存着从前中原数省入京孔道的规模。桥上的碑亭虽然朽坏，还矗立着。自从历年的内战，卢沟桥更成为戎马往来的要冲，加上长辛店战役的印象，使附近的居民都知道近代战争的大概情形，连小孩也知道飞机、大炮、机关枪都是做什么用的。到处墙上虽然有标语贴着的痕迹，而在色与量上可不能与卖药的广告相比。推开窗户、看着永定河的浊水穿过疏林，向东南流去，想起陈高的诗：“卢沟桥西车马多，山头白日照清波。毡卢亦有江南妇，愁听金人出塞歌。”清波不见，浑水成潮，是记述与事实的相差，抑昔日与令时的不同，就不得而知了。但想象当日桥下雅集亭的风景，以及金人所掠江南妇女。经过此地的情形，感慨便不能不触发了。

从卢沟桥上经过的可悲可恨可歌可泣的事迹，岂止被金人所掠的江南妇女那一件？可惜桥栏上蹲着的石狮子个个只会张牙裂眦结舌无言，以致许多可以稍留印迹的史实，若不随蹄尘飞散，也教轮辐压碎了。我又想着天下最有功德的是桥梁。它把天然的阻隔连络起来。它从这岸渡引人们到那岸。在桥上走过的是好是歹，于它本来无关，何况在上面走的不过是长途中的一小段，它哪能知道何者是可悲可恨可泣呢？它不必记历史，反而是历史记着它。卢沟桥本名广利桥，是金大定二十七年始建，至明昌二年（公元一一八九至一九一二）修成的。它拥有世界的声名是因为曾入马哥博罗的记述。马哥博罗记作“普利桑干”，而

欧洲人都称它做“马哥博罗桥”，倒失掉记者赞叹桑干河上一道大桥的原意了。中国人是善于修造石桥的，在建筑上只有桥与塔可以保留得较为长久。中国的大石桥每能使人叹为鬼役神工，卢沟桥的伟大与那有名的泉州洛阳桥和漳州虎渡桥有点不同。论工程，它没有这两道桥的宏伟，然而在史迹上，它是多次系着民族安危。纵使你把桥拆掉，卢沟桥的神影是永不会被中国人忘记的，这个在“七七”事件发生以后，更使人觉得是如此。当时我只想着日军许会从古北口入北平，由北平越过这道名桥侵入中原,决想不到火头就会在我那时所站的地方发出来。

在饭店里，随便吃些烧饼，就出来，在桥上张望。铁路桥在远处平行地架着。驮煤的骆驼队随着铃铛的音节整齐地在桥上迈步。小商人与农民在雕栏下作交易上很有礼貌的计较。妇女们在桥下浣衣，乐融融地交谈。人们虽不理会国势的严重，可是从军队里宣传员口里也知道强敌已在门口。我们本不为做间谍去的，因为在桥上向路人多问了些话，便教警官注意起来，我们也自好笑。我是为当事官吏的注意而高兴，觉得他们时刻在提防着，警备着。过了桥,便望见实柘山,苍翠的山色,指示着日斜多了几度,

在砾原上流连片时，暂觉晚风拂衣，若不回转，就得住店了。“卢沟晓月”是有名的。为领略这美景，到店里住一宿，本来也值得，不过我对于晓风残月一类的景物素来不大喜爱，我爱月在黑夜里所显的光明。晓月只有垂死的光，想来是很凄凉的，还是回家吧。

我们不从原路去，就在拱北城外分道。刘先生沿着旧河床，向北回海淀去。我捡了几块石头，向着八里庄那条路走。进到阜城门，望见北海的白塔已经成为一个剪影贴在洒银的暗蓝纸上。

（本文原载于1939年7月《大风》旬刊第42卷）

# 小说辑

许地山的小说创作，数量虽然不多，却也不乏精品。其作品风格独特，具有深刻的文化内涵，因此而拥有大量的读者。

许地山的创作分为两个时期。早期作品具有浪漫主义倾向，晚期作品则走上了现实主义的道路。

许地山早期小说有着浪漫主义倾向，表现为三个方面：异域色彩。故事背景多为缅甸、印度等南亚、东南亚国家，南国的自然、人文、风俗等使作品具有浓郁的异域色彩。宗教氛围。既描写了许多宗教习俗和活动，更着重描写了具有宗教信仰的主人公的出世精神。爱情线索。情节上，几乎都贯穿着一条爱情、婚姻的线索。

许地山后期小说改变了早期小说的浪漫倾向，走上了现实主义道路，代表作为《春桃》等。《春桃》刻画了一位下层劳动妇女春桃，在命运恶浪的捉弄前稳健地驾驶着人生之舟。战乱使春桃的生活中同时出现两个男人，这位朴实坚强的劳动妇女作出了自己勇敢的选择，在“我是我自己的”信念下，她和两个男人开起了三人公司，以自己的意志支配自己的命运，表现了劳动者在生活的重压下“相濡以沫”的高尚情操和道德准则。下层劳动者的真实描写，自尊自强的劳动女性的塑造，显示了作品以现实主义为特色。

# 缀网劳蛛

## 导读：

《缀网牢蛛》是许地山早期小说的代表作。小说描述了一个安于命运却又不信命运的女人的遭遇。人和命运的关系就像是蜘蛛和网，人生总是在不停地织网、补网。文中所阐述的这种“蜘蛛哲学”正是许地山宗教哲学的一种体现。他认为，人对于命运有一定的积极作用，但是又不可能战胜命运。小说通过人物对话、行为描写等展示了不同的人物性格，塑造了不同的人物形象。

“我像蜘蛛，
命运就是我的网。”
我把网结好，
还住在中央。

呀，我的网甚时节受了损伤！
这一坏，教我怎地生长？
生的巨灵说：“补缀补缀罢。”
世间没有一个不破的网。

我再结网时，
要结在玳瑁梁栋
珠玑帘拢；
或结在断井颓垣
荒烟蔓草中呢？
生的巨灵按手在我头上说：
“自己选择去罢，
你所在的地方无不兴隆、亨通。”

虽然，我再结的网还是像从前那么脆弱，
敌不过外力冲撞；
我网的形式还要像从前那么整齐——

平行的丝连成八角、十二角的形状吗？
他把“生的万花筒”交给我，说：
“望里看罢，
你爱怎样，就结成怎样。”

呀，万花筒里等等的形状和颜色
仍与从前没有什么差别！
求你再把第二个给我，
我好谨慎地选择。

“咄咄！贪得而无智的小虫！
自而今回溯到濛鸿，
从没有人说过里面有个形式与前相同。
去罢，生的结构都由这几十颗‘彩琉璃屑’幻成种种，
不必再看第二个生的万花筒。”

那晚上的月色格外明朗，只是不时来些微风把满园的花影移动得不歇地作响。素光从椰叶下来，正射在尚洁和她的客人史夫人身上。她们二人的容貌，在这时候自然不能认得十分清楚，但是二人对谈的声音却像幽谷的回响，没有一点模糊。

周围的东西都沉默着，像要让她们密谈一般，树上的鸟儿把喙插在翅膀底下；草里的虫儿也不敢做声；就是尚洁身边那只玉

狸，也当主人所发的声音为催眠歌，只管齁齁地沉睡着。她用纤手抚着玉狸，目光注在她的客人身上，懒懒地说：“夺魁嫂子，外间的闲话是听不得的。这事我全不计较——我虽不信定命的说法，然而事情怎样来，我就怎样对付，毋庸在事前预先谋定什么方法。”

她的客人听了这场冷静的话，心里很是着急，说：“你对于自己的前程太不注意了！若是一个人没有长久的顾虑，就免不了遇着危险，外人的话虽不足信，可是你得把你的态度显示得明了一点，教人不疑惑你才是。”

尚洁索性把玉狸抱在怀里，低着头，只管摩弄。一会儿，她才冷笑了一声，说：“吓吓，夺魁嫂子，你的话差了，危险不是顾虑所能闪避的。后一小时的事情，我们也不敢说准知道，哪里能顾到三四个月、三两年那么长久呢？你能保我待一会不遇着危险，能保我今夜里睡得平安么？纵使我准知道今晚上会遇着危险，现在的谋虑也未必来得及。我们都在云雾里走，离身二三尺以外，谁还能知道前途的光景呢？

经里说：‘不要为明日自夸，因为一日要生何事，你尚且不能知道。’这句话，你忘了么？……唉，我们都是从渺茫中来，在渺茫中住，望渺茫中去。若是怕在这条云封雾锁的生命路程里走动，莫如止住你的脚步；若是你有漫游的兴趣，纵然前途和四围的光景暧昧，不能使你赏心快意，你也是要走的。横竖是往前走，顾虑什么？

“我们从前的事，也许你和一般侨寓此地的人都不十分知道。我不愿意破坏自己的名誉，也不忍教他出丑。你既是要我把态度显示出来，我就得略把前事说一点给你听，可是要求你暂时守这个秘密。

“论理，我也不是他的……”

史夫人没等她说完，早把身子挺起来，作很惊讶的样子，回头用焦急的声音说："什么？这又奇怪了！"

"这倒不是怪事，且听我说下去。你听这一点，就知道我的全意思了。我本是人家的童养媳，一向就不曾和人行过婚礼——那就是说，夫妇的名分，在我身上用不着。当时，我并不是爱他，不过要仗着他的帮助，救我脱出残暴的婆家。走到这个地方，依着时势的境遇，使我不能不认他为夫……"

"原来你们的家有这样特别的历史。……那么，你对于长孙先生可以说没有精神的关系，不过是不自然的结合罢了。"

尚洁庄重地回答说："你的意思是说我们没有爱情么？诚然，我从不曾在别人身上用过一点男女的爱情，别人给我的，我也不曾辨别过那是真的，这是假的。夫妇，不过是名义上的事，爱与不爱，只能稍微影响一点精神的生活，和家庭的组织是毫无关系的。

"他怎样想法子要奉承我，凡认识我的人都觉得出来。然而我却没有领他的情，因为他从没有把自己的行为检点一下。他的嗜好多，脾气坏，是你所知道的。我一到会堂去，每听到人家说我是长孙可望的妻子，就非常的惭愧。我常想着从不自爱的人所给的爱情都是假的。

"我虽然不爱他，然而家里的事，我认为应当替他做的，我也乐意去做。因为家庭是公的，爱情是私的。我们两人的关系，实在就是这样。外人说我和谭先生的事，全是不对的。我的家庭已经成为这样，我又怎能把它破坏呢？"

史夫人说："我现在才看出你们的真相，我也回去告诉史先生，教他不要多信闲话。我知道你是好人，是一个纯良的女子，神必保佑你。"说着，用手轻轻地拍一拍尚洁的肩膀，就站立起来告辞。

尚洁陪她在花荫底下走着，一面说："我很愿意你把这事的原委单说给史先生知道。至于外间传说我和谭先生有秘密的关系，说我是淫妇，我都不介意。连他也好几天不回来啦。我估量他是为这事生气，可是我并不辩白。世上没有一个人能够把真心拿出来给人家看；纵然能够拿出来，人家也看不明白，那么，我又何必多费唇舌呢？人对于一件事情一存了成见，就不容易把真相观察出来。凡是人都有成见，同一件事，必会生出歧异的评判，这也是难怪的。我不管人家怎样批评我，也不管他怎样疑惑我，我只求自己无愧，对得住天上的星辰和地下的蝼蚁便了。你放心罢，等到事情临到我身上，我自有方法对付。我的意思就是这样，若是有工夫，改天再谈罢。"

她送客人出门，就把玉狸抱到自己房里。那时已经不早，月光从窗户进来，歇在椅桌、枕席之上，把房里的东西染得和铅制的一般。她伸手向床边按了一按铃子，须臾，女佣妥娘就上来。她问："佩荷姑娘睡了么？"妥娘在门边回答说："早就睡了。消夜已预备好了，端上来不？”她说着，顺手把电灯拧着，一时满屋里都着上颜色了。

在灯光之下，才看见尚洁斜倚在床上。流动的眼睛，软润的颔颊，玉葱似的鼻，柳叶似的眉，桃绽似的唇，衬着蓬乱的头发……凡形体上各样的美都凑合在她头上。她的身体，修短也很合度。从她口里发出来的声音，都合音节，就是不懂音乐的人，一听了她的话语，也能得着许多默感。她见妥娘把灯拧亮了，就说：“把它拧灭了吧。光太强了，更不舒服。方才我也忘了留史夫人在这里消夜。我不觉得十分饥饿，不必端上来，你们可以自己方便去。把东西收拾清楚，随着给我点一枝洋烛上来。”

妥娘遵从她的命令，立刻把灯灭了，接着说：“相公今晚上也许又不回来，可以把大门扣上吗？”

“是，我想他永远不回来了。你们吃完，就把门关好，各自歇息去罢，夜很深了。”

尚洁独坐在那间充满月亮的房里，桌上一枝洋烛已燃过三分之二，轻风频拂火焰，眼看那枝发光的小东西要泪尽了。她于是起来，把烛火移到屋角一个窗户前头的小几上。那里有一个软垫，几上搁几本经典和祈祷文。她每夜睡前的功课就是跪在那垫上默记三两节经句，或是诵几句祷词。别的事情，也许她会忘记，唯独这圣事是她所不敢忽略的。她跪在那里冥想了许多，睁眼一看，火光已不知道在什么时候从烛台上逃走了。

她立起来，把卧具整理妥当，就躺下睡觉，可是她怎能睡着呢？

呀，月亮也循着宾客底礼，不敢相扰，慢慢地辞了她，走到园里，和它的花草朋友、木石知交周旋去了！

月亮虽然辞去，她还不转眼地望着窗外的天空，像要诉她心中的秘密一般。她正在床上辗来转去，忽听园里“嚁嚁”一声，响得很厉害，她起来，走到窗边，往外一望，但见一重一重的树影和夜雾把园里盖得非常严密，教她看不见什么。于是，她蹑步下楼，唤醒妥娘，命她到园里去察看那怪声的出处。妥娘自己一个人哪里敢出去，她走到门房把团哥叫醒，央他一同到围墙边察一察。团哥也就起来了。

妥娘去不多会，便进来回话。她笑着说：“你猜是什么呢？原来是一个蹇运的窃贼摔倒在我们的墙根。他的腿已摔坏了，脑袋也撞伤了，流得满地都是血，动也动不得了。团哥拿着一枝荆条正在抽他哪。”

尚洁听了，一霎时前所有的恐怖情绪一时尽变为慈祥的心意。她等不得回答妥娘，便跑到墙根。团哥还在那里，“你这该死的东西……不知厉害的坏种！……”一句一鞭，打骂得很高兴。尚洁一到，就止住他，还命他和妥娘把受伤的贼扛到屋里来。她吩咐让他躺在贵妃榻上。仆人们都显出不愿意的样子，因为他们想着一个贼人不应该受这么好的待遇。

尚洁看出他们的意思，便说：“一个人走到做贼的地步是最可怜悯的。若是你们不得着好机会，也许……”她说到这里，觉得有点失言，教她的佣人听了不舒服，就改过一句说话，“若是你们

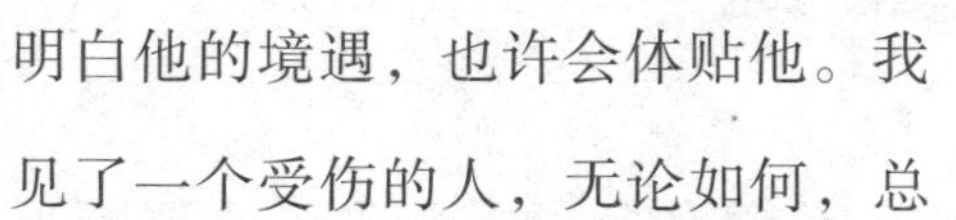

明白他的境遇，也许会体贴他。我见了一个受伤的人，无论如何，总得救护的。你们常常听见‘救苦救难’的话，遇着忧患的时候，有时也会脱口地说出来，为何不从‘他是苦难人’那方面体贴他呢？你们不要怕他的血沾脏了那垫子，尽管扶他躺下。”团哥只得扶他躺下，口里沉吟地说：“我们还得为他请医生去吗？”

“且慢，你把灯移近一点，待我来看一看。救伤的事，我还在行。妥娘，你上楼去把我们那个常备药箱，捧下来。”又对团哥说：“你去倒一盆清水来罢。”

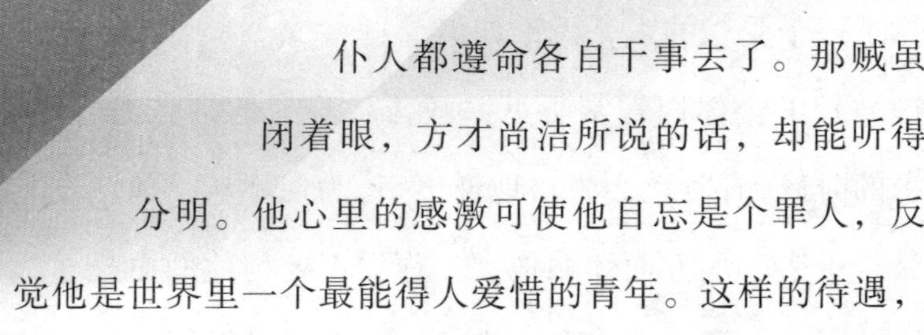

仆人都遵命各自干事去了。那贼虽闭着眼，方才尚洁所说的话，却能听得分明。他心里的感激可使他自忘是个罪人，反觉他是世界里一个最能得人爱惜的青年。这样的待遇，也许就是他生平第一次得着的。他呻吟了一下，用低沉的声音说：“慈悲的太太，菩萨保佑慈悲的太太！”

那人的太阳穴边受了一伤很重，腿部倒不十分厉害。她用药棉蘸水轻轻地把伤处周围的血迹涤净，再用绷带裹好。等到事情做得清楚，天早已亮了。

她正转身要上楼去换衣服，蓦听得外面敲门的声很急，就止步问说：“谁这么早就来敲门呢？”

“是警察罢。”

妥娘提起这四个字，叫她很着急。她说：“谁去告诉警察呢？”那贼躺在贵妃榻上，一听见警察要来，恨不能立刻起来跪在地上求恩。但这样的行动已从他那双劳倦的眼睛表白出来了。尚洁跑到他跟前，安慰他说：“我没有叫人去报警察……”正说到这里，那从门外来的脚步已经踏进来。



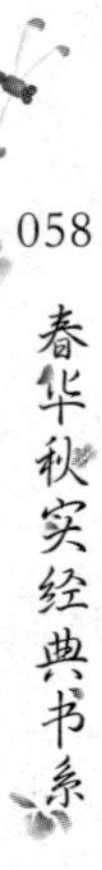

来的并不是警察，却是这家的主人长孙可望。他见尚洁穿着一件睡衣站在那里和一个躺着的男子说话，心里的无名火已从身上八万四千个毛孔里发射出来。他第一句就问："那人是谁？"

这个问实在叫尚洁不容易回答，因为她从不曾问过那受伤者的名字，也不便说他是贼。

"他……他是受伤的人……"

可望不等说完，便拉住她的手，说："你办的事，我早已知道。我这几天不回来，正要侦察你的动静，今天可给我撞见了。我何尝辜负你呢？……一同上去罢，我们可以慢慢地谈。"不由分说，拉着她就往上跑。

妥娘在旁边，看得情急，就大声嚷着："他是贼！"

"我是贼，我是贼！"那可怜的人也嚷了两声。可望只对着他冷笑，说："我明知道你是贼。不必报名，你且歇一歇罢。"

一到卧房里，可望就说："我且问你，我有什么对你不起的地方？你要入学堂，我便立刻送你去；要到礼拜堂听道，我便特地为你预备车马。现在你有学问了，也入教了，我且问你，学堂教你这样做，教堂教你这样做么？"

他的话意是要诘问她为什么变心，因为他许久就听见人说尚洁嫌他鄙陋不文，要离弃他去嫁给一个姓谭的。夜间的事，他一概不知，他进门一看尚洁的神色，老以为她所做的是一段爱情把戏。在尚洁方面，以为他是不喜欢她这样待遇窃贼。她的慈悲性情是上天所赋的，她也觉得这样办，于自己的信仰和所受的教育没有冲突，就回答说："是的，学堂教我这样做，教会也教我这样做。你敢是……"

"是吗？"可望喝了一声，猛将怀中小刀取出来向尚洁的肩膀上一击。这不幸的妇人立时倒在地上，那玉白的面庞已像渍在胭脂膏里一样。

她不说什么，但用一种沉静的和无抵抗的态度，就足以感动那愚顽的凶手。可望见此情景，心中恐怖的情绪已把凶猛的怒气克服了。他不再有什么动作，只站在一边出神。他看尚洁动也不动一下，估量她是死了。那时，他觉得自己的罪恶压住他，不许再逗留在那里，便溜烟似地往外跑。

妥娘见他跑了，知道楼上必有事故，就赶紧上来，她看尚洁那样子，不由得"啊，天公！"喊了一声，一面上去，要把她搀扶起来。尚洁这时,眼睛略略睁开,像要对她说什么,只是说不出。她指着肩膀示意，妥娘才看见一把小刀插在她肩上。妥娘的手便即酥软,周身发抖,待要扶她,也没有气力了。她含泪对着主妇说："容我去请医生罢。"

"史……史……"妥娘知道她是要请史夫人来,便回答说："好，我也去请史夫人来。"她教团哥看门，自己雇一辆车找救星去了。

医生把尚洁扶到床上，慢慢施行手术，赶到史夫人来时，所有的事情都弄清楚啦。医生对史夫人说："长孙夫人的伤不甚要紧，保养一两个星期便可复元。幸而那刀从肩胛骨外面脱出来，没有伤到肺叶——那两个创口是不要紧的。"

医生辞去以后，史夫人便坐在床沿用法子安慰她。这时，尚洁的精神稍微恢复，就对她的知交说："我不能多说话，只求你把底下那个受伤的人先送到公医院去，其余的，待我好了再给你说。……唉，我的嫂子，我现在不能离开你，你这几天得和我同在一块儿住。"

史夫人一进门就不明白底下为什么躺着一个受伤的男子。妥娘去时，也没有对她详细地说。她看见尚洁这个样子，又不便往下问。但尚洁的颖悟性从不会被刀所伤，她早明白史夫人猜不透这个闷葫芦，就说："我现在没有气力给你细说，你可以向妥娘打听去。就要速速去办，若是他回来，便要害了他的性命。"

史夫人照她所吩咐的去做，回来，就陪着她在房里，没有回家。那四岁的女孩佩荷更不知道这是怎么一回事，还是嘻嘻笑笑，过她的平安日子。

一个星期，两个星期，在她病中默默地过去。她也渐次复元了。她想许久没有到园里去，就央求史夫人扶着她慢慢走出来。她们穿过那晚上谈话的柳荫，来到园边一个小亭下，就歇在那里。她们坐的地方满开了玫瑰，那清静温香的景色委实可以消灭一切忧闷和病害。

"我已忘了我们这里有这么些好花，待一会，可以折几枝带回屋里。"

"你且歇歇，我为你选择几枝罢。"史夫人说时，便起来折花。尚洁见她脚下有一朵很大的花，就指着说："你看，你脚下有一朵很大、很好看的，为什么不把它摘下？”

史夫人低头一看，用手把花提起来，便叹了一口气。

“怎么啦？”

史夫人说：“这花不好。”因为那花只剩地上那一半，还有一边是被虫伤了。她怕说出伤字，要伤尚洁的心，所以这样回答。但尚洁看的明明是一朵好花，直叫递过来给她看。

“夺魁嫂，你说它不好么？我在此中找出道理咧！这花虽然被虫伤了一半，还开得这么好看，可见人的命运也是如此——若不把他的生命完全夺去，虽然不完全，也可以得着生活上一部分的美满，你以为如何呢？”

史夫人知道她联想到自己的事情上头，只回答说：“那是当然的，命运的偃蹇和亨通，于我们的生活没有多大关系。”

谈话之间，妥娘领着史夺魁先生进来。他向尚洁和他的妻子

问过好，便坐在她们对面一张凳上。史夫人不管她丈夫要说什么，头一句就问："事情怎样解决呢？"

史先生说："我正是为这事情来给长孙夫人一个信。昨天在会堂里有一个很激烈的纷争，因为有些人说可望的举动是长孙夫人迫他做成的，应当剥夺她赴圣筵的权利。我和我奉真牧师在席间极力申辩，终归无效。"他望着尚洁说："圣筵赴与不赴也不要紧。因为我们的信仰决不能为仪式所束缚，我们的行为，只求对得起良心就算了。"

"因为我没有把那可怜的人交给警察，便责罚我么？"

史先生摇头说："不，不，现在的问题不在那事上头。前天可望寄一封长信到会里，说到你怎样对他不住，怎样想弃绝他去嫁给别人。他对于你和某人、某人往来的地点、时间都说出来。且说，他不愿意再见你的面，若不与你离婚，他永不回家。信他所说的人很多，我们怎样申辩也挽不过来。我们虽然知道事实不是如此，可是不能找出什么凭据来证明，我现在正要告诉你，若是要到法庭去的话，我可以帮你的忙。这里不像我们祖国，公庭上没有女人说话的地位。况且他的买卖起先都是你拿资本出来，要离异时，照法律，最少总得把财产分一半给你。……像这样的男子，不要他也罢了。"

尚洁说："那事实现在不必分辩，我早已对嫂子说明了。会里因为信条的缘故，说我的行为不合道理，便禁止我赴圣筵——这是他们所信的，我有什么可说的呢！"她说到末一句，声音便低下了。她的颜色很像为同会的人误解她和误解道理惋惜。

"唉，同一样道理，为何信仰的人会不一样？"

她听了史先生这话，便兴奋起来，说："这何必问？你不常听见人说：'水是一样，牛喝了便成乳汁，蛇喝了便成毒液'吗？我管保我所得能化为乳汁，哪能干涉人家所得的变成毒液呢？若是到法庭去的话，倒也不必。我本没有正式和他行过婚礼，自毋须乎在法庭上公布离婚。若说他不愿意再见我的面，我尽可以搬出去。财产是生活的赘瘤，不要也罢，和他争什么？……他赐给我的恩惠已是不少，留着给他……"

"可是你一把财产全部让给他，你立刻就不能生活。还有佩荷呢？"

尚洁沉吟半晌便说："不妨，我私下也曾积聚些少，只不能支持到一年罢了。但不论如何，我总得自己挣扎。至于佩荷……"她又沉思了一会，才续下去说："好罢，看他的意思怎样，若是他愿意把那孩子留住，我也不和他争。我自己一个人离开这里就是。"

他们夫妇二人深知道尚洁的性情，知道她

很有主意，用不着别人指导。并且她在无论什么事情上头都用一种宗教的精神去安排。她的态度常显出十分冷静和沉毅，做出来的事，有时超乎常人意料之外。

史先生深信她能够解决自己将来的生活，一听了她的话，便不再说什么，只略略把眉头皱了一下而已。史夫人在这两三个星期间，也很为她费了些筹划。他们有一所别业在土华地方，早就想教尚洁到那里去养病，到现在她才开口说："尚洁妹子，我知道你一定有更好的主意，不过你的身体还不甚复元，不能立刻出去做什么事情，何不到我们的别庄里静养一下，过几个月再行打算？"史先生接着对他妻子说："这也好。只怕路途远一点，由海船去，最快也得两天才可以到。但我们都是惯于出门的人，海涛的颠簸当然不能制服我们，若是要去的话，你可以陪着去，省得寂寞了长孙夫人。"

尚洁也想找一个静养的地方，不意他们夫妇那么仗义，所以不待踌躇便应许了。她不愿意为自己的缘故教别人麻烦，因此不让史夫人跟着前去。她说："寂寞的生活是我尝惯的。史嫂子在家里也有许多当办的事情，哪里能够和我同行？还是我自己去好一点。我很感谢你们二位的高谊，要怎样表示我的谢忱，我却不懂得；就是懂，也不能表示得万分之一。我只说一声'感激莫名'便了。史先生，烦你再去问他要怎样处置佩荷，等这事弄清楚，我便要动身。"她说着，就从方才摘下的玫瑰中间选出一朵好看的递给史先生，教他插在胸前的钮门上。不久，史先生也就起立

告辞，替她办交涉去了。

土华在马来半岛的西岸，地方虽然不大，风景倒还幽致。那海里出的珠宝不少，所以住在那里的多半是搜宝之客。尚洁住的地方就在海边一丛棕林里。在她的门外，不时看见采珠的船往来于金的塔尖和银的浪头之间。这采珠的工夫赐给她许多教训。因为她这几个月来常想着人生就同入海采珠一样，整天冒险入海里去，要得着多少，得着什么，采珠者一点把握也没有。但是这个感想决不会妨害她的生命。她见那些人每天迷蒙蒙地搜求，不久就理会她在世间的历程也和采珠的工作一样。要得着多少，得着什么，虽然不在她的权能之下，可是她每天总得入海一遭，因为她的本分就是如此。

她对于前途不但没有一点灰心，且要更加奋勉。可望虽是剥夺她们母女的关系，不许佩荷跟着她，然而她仍不忍弃掉她的责任，每月要托人暗地里把吃的用的送到故家去给她女儿。

她现在已变主妇的地位为一个珠商的记室了。住在那里的人，都说她是人家的弃妇，就看轻她，所以她所交游的都是珠船里的工人。那班没有思想的男子在休息的时候，便因着她的姿色争来找她开心。但她的威仪常是调伏这班人的邪念，教他们转过心来承认她是他们的师保。

她一连三年，除干她的正事以外，就是教她那班朋友说几句英吉利语，念些少经文，知道些少常识。在她的团体里，使令、供养、无不如意。若说过快活日子，能像她这样也就不劣了。

虽然如此，她还是有缺陷的。社会地位，没有她的分；家庭生活，也没有她的分；我们想想，她心里到底有什么感觉？前一项，于她是不甚重要的；后一项，可就缭乱她的衷肠了！史夫人虽常寄信给她，然而她不见信则已，一见了信，那种说不出来的伤感就加增千百倍。

她一想起她的家庭，每要在树林里徘徊，树上的蛁蟧[①]常要幻成她女儿的声音对她说："母思儿耶？母思儿耶？"这本不是奇

---

①蛁蟧（diāo láo）：蝉。

迹，因为发声者无情，听音者有意；她不但对于那些小虫的声音是这样，即如一切的声音和颜色，偶一触着她的感官，便幻成她的家庭了。

她坐在林下，遥望着无涯的波浪，一度一度地掀到岸边，常觉得她的女儿踏着浪花踊跃而来，这也不止一次了。那天，她又坐在那里，手拿着一张佩荷的小照，那是史夫人最近给她寄来的。她翻来翻去地看，看得眼昏了。她猛一抬头，又得着常时所现的异象。她看见一个人携着她的女儿从海边上来，穿过林樾，一直走到跟前。那人说："长孙夫人，许久不见，贵体康健啊！我领你的女儿来找你哪。"

尚洁此时，展一展眼睛，才理会果然是史先生携着佩荷找她来。她不等回答史先生的话，便上前用力搂住佩荷，她的哭声从她爱心的深密处殷雷似震发出来。佩荷因为不认得她，害怕起来，也放声哭了一场。史先生不知道感触了什么，也在旁边只尽管擦眼泪。

这三种不同情绪的哭泣止了以后，尚洁就呜咽地问史先生说："我实在喜欢。想不到你会来探望我，更想不到佩荷也能来！……"她要问的话很多，一时摸不着头绪。只搂定佩荷，眼看着史先生出神。

史先生很庄重地说："夫人，我给你报好消息来了。"

"好消息！"

"你且镇定一下，等我细细地告诉你。我们一得着这消息，我的妻子就教我和佩荷一同来找你。这奇事，我们以前都不知道，到前十几天才听见我奉真牧师说的。我牧师自那年为你的事卸职后，他的生活，你已经知道了。”

“是，我知道。他不是白天做裁缝匠，晚间还做制饼师吗？我信得过，神必要帮助他，因为神的儿子说：‘为义受逼迫的人是有福的。’他的事业还顺利吗？”

“倒没有什么过不去的地方。他不但日夜劳动，在合宜的时候，还到处去传福音哪。他现在不用这样地吃苦，因为他的老教会看他的行为，请他回国仍旧当牧师去，在前一个星期已经动身了。”

“是吗！谢谢神！他必不能长久地受苦。”

“就是因为我牧师回国的事，我才能到这里来。你知道长孙先生也受了他的感化么？这事详细地说起来，倒是一种神迹。我现在来，也是为告诉你这件事。

“前几天，长孙先生忽然到我家里找我。他一向就和我们很生疏，好几年也不过访一次，所以这次的来，教我们很诧异。他第一句就问你的近况如何，且诉说他的懊悔。他说这反悔是忽然的，是我牧师警醒他的。现在我就将他的话，照样说一遍给你听——

"'在这两三年间，我牧师常来找我谈话，有时也请我到他的面包房里去听他讲道。我和他来往那么些次，就觉得他是我的好师傅。我每有难决的事情或疑虑的问题，都去请教他。我自前年生事，二人分离以后，每疑惑尚洁的操守，又常听见家里佣人思念她的话，心里就十分懊悔。但我总想着，男人说话将军箭，事已做出，哪里还有脸皮收回来？本是打算给它一个错到底的。然而日子越久，我就越觉得不对。到我牧师要走，最末次命我去领教训的时候，讲了一个章经，教我很受感动。散会后，他对我说，他盼望我做的是请尚洁回来。他又念《马可福音》十章给我听，我自得着那教训以后，越觉得我很卑鄙、凶残、淫秽，很对不住她。现在要求你先把佩荷带去见她，盼望她为女儿的缘故赦免我。你们可以先走，我随后也要亲自前往。'

"他说懊悔的话很多，我也不能细说了。等他来时，容他自己对你细说罢。我很奇怪我牧师对于这事，以前一点也没有对我说过，到要走时，才略提一提；反教他来到我那里去，这不是神迹吗？"

尚洁听了这一席话，却没有显出特别愉悦的神色，只说："我的行为本不求人知道，也不是为要得人家的怜恤和赞美；人家怎样待我，我就怎样受，从来是不计较的。别人伤害我，我还饶恕，何况是他呢？他知道自己的鲁莽，是一件极可喜的事。——你愿意到我屋里去看一看吗？我们一同走走罢。”

他们一面走，一面谈。史先生问起她在这里的事业如何，她不愿意把所经历的种种苦处尽说出来，只说：“我来这里，几年的工夫也不算浪费，因为我已找着了许多失掉的珠子了！那些灵性的珠子，自然不如入海去探求那么容易，然而我竟能得着二三十颗。此外，没有什么可以告诉你。”

尚洁把她事情结束停当，等可望不来，打算要和史先生一同回去。正要到珠船里和她的朋友们告辞，在路上就遇见可望跟着一个本地人从对面来。她认得是可望，就堆着笑容，抢前几步去迎他，说：“可望君，平安哪！”可望一见她，也就深深地行了一个敬礼，说：“可敬的妇人，我所做的一切事都是伤害我的身体，和你我二人的感情，此后我再不敢了。我知道我多多地得罪你，实在不配再见你的面，盼望你不要把我的过失记在心中。今天来到这里，为的是要表明我悔改底行为，还要请你回去管理一切所有的。你现在要到哪里去呢？我想你可以和史先生先行动身，我随后回来。”

尚洁见他那番诚恳的态度，比起从前，简直是两个人，心里自然满是愉快，且暗自谢她的神在他身上所显的奇迹。她说：“呀！往事如梦中之烟，早已在虚幻里消散了，何必重新提起呢？凡人都不可积聚日间的怨恨、怒气和一切伤心的事到夜里，何况是隔了好几年的事？请你把那些事情搁在脑后罢。我本想到船里去，向我那班同工的人辞行。你怎样不和我们一起回去，还有别的事情要办么？史先生现时在他的别业——就是我住的地方——我们一同到那里去罢，待一会，再出来辞行。”

“不必，不必。你可以去你的，我自己去找他就可以。因为我还有些正当的事情要办。恐怕不能和你们一同回去，什么事，以后我才叫你知道。”

“那么，你教这土人领你去罢，从这里走不远就是。我先到船里，回头再和你细谈。再见哪！”

她从土华回来，先住在史先生家里，意思是要等可望来到，一同搬回她的旧房子去。谁知等了好几天，也不见他的影。她才知道可望在土华所说的话意有所含蓄。可是他到哪里去呢？去干什么呢？她正想着，史先生拿了一封信进来对她说：“夫人，你不必等可望了，明后天就搬回去罢。他寄给我这一封信说，他有许多对不起你的地方，都是出于激烈的爱情所致，因他爱

你的缘故，所以伤了你。现在他要把从前邪恶的行为和暴躁的脾气改过来，且要偿还你这几年来所受的苦楚，故不得不暂时离开你。他已经到槟榔屿了。他不直接写信给你的缘故，是怕你伤心，故此写给我，教我好安慰你；他还说从前一切的产业都是你的，他不应独自霸占了许多，要求你尽量地享用，直等到他回来。

“这样看来，不如你先搬回去，我这里派人去找他回来如何？唉，想不到他一会儿就能悔改到这步田地！”

她遇事本来很沉静，史先生说时，她的颜色从不曾显出什么变态，只说：“为爱情么？为爱而离开我么？这是当然的，爱情本如极利的斧子，用来剥削命运常比用来整理命运的时候多一些。他既然规定他自己的行程，又何必费工夫去寻找他呢？我是没有成见的，事情怎样来，我怎样对付就是。”

尚洁搬回来那天，可巧下了一点雨，好像上天使园里的花木特地沐浴得很妍净来迎接它们的旧主人一样。她进门时，妥娘正在整理厅堂，一见她来，便嚷着：“奶奶，你回来了！我们很想念你哪！你的房间乱得很，等我把各样东西安排好再上去。先到花园去看看罢，你手植各样的花木都长大了。后面那棵释迦头长得像罗伞一样，结果也不少，去看看罢。史夫人早和佩荷姑娘来了，她们现时也在园里。”

她和妥娘说了几句话，便到园里。一拐弯，就看见史夫人和佩荷坐在树荫底下一张凳上——那就是几年前，她要被刺那夜，和史夫人坐着谈话的地方。她走来，又和史夫人并肩坐在那里。史夫人说来说去，无非是安慰她的话。她像不信自己这样的命运不甚好，也不信史夫人用定命论的解释来安慰她，就可以使她满足。然而她一时不能说出合宜的话，教史夫人明白她心中毫无忧郁在内。她无意中一抬头，看见佩荷拿着树枝把结在玫瑰花上一个蜘蛛网撩破了一大部分。她注神许久，就想出一个意思来。

她说 ：“呀，我给这个比喻，你就明白我的意思。”

“我像蜘蛛，命运就是我的网。蜘蛛把一切有毒无毒的昆虫吃入肚里，回头把网组织起来。它第一次放出来的游丝，不晓得要被风吹到多么远，可是等到粘着别的东西的时候，它的网便成了。

“它不晓得那网什么时候会破，和怎样破法。一旦破了，它还暂时安安然然地藏起来，等有机会再结一个好的。

“它的破网留在树梢上，还不失为一个网。太阳从上头照下来，把各条细丝映成七色 ；有时粘上些少水珠，更显得灿烂可爱。

“人和他的命运，又何尝不是这样？所有的网都是自己组织得来，或完或缺，只能听其自然罢了。”

史夫人还要说时，妥娘来说屋子已收拾好了，请她们进去看看。于是，她们一面谈，一面离开那里。

园里没人，寂静了许久。方才那只蜘蛛悄悄地从叶底出来，向着网的破裂处，一步一步，慢慢补缀。它补这个干什么？因为它是蜘蛛，不得不如此！

（本文原载于1922年《小说月报》第13卷第2号）

# 在费总理的客厅里

## 导读：

这篇小说是许地山小说创作由浪漫主义转向现实主义的标志性作品。作者尖锐的笔触描写了一天之间发生在费总理客厅里的事情。从接待客人到谋划应对查账，再到强抢人妻、换国旗、晚宴等，几个场景的转换，将费总理阴险、狡诈、不学无术、世故等恶劣性格表现得淋漓尽致，这也直接反映出当时社会的复杂局面。

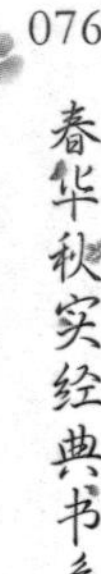

费总理的会客厅里面的陈设都能表示他是一个办慈善事业具有热心和经验的人。梁上悬着两块“急公好义”和“善与人同”的匾额，自然是第一和第二任大总统颁赐的，我们看当中盖着一方“荣典之玺”的印文便可以知道。在两块匾当中悬着一块“敦诗说礼之堂”的题额，听说是花了几百圆的润笔费请求康老先生写的。因为总理要康老先生多写几个字，所以他的堂名会那么长。四围墙上的装饰品无非是褒奖状、格言联对、天官赐福图、大镜之类。厅里的镜框很多，最大的是对着当街的窗户那面西洋大镜。厅里的家私都是用上等楠木制成。几桌之上杂陈些新旧真假的古董和东西洋大小自鸣钟。厅角的书架上除了几本《孝经》《治家格言注》《理学大全》和些日报以外，其余的都是募捐册和几册名人的介绍字迹。

当差的引了一位穿洋服、留着胡子的客人进来，说：“请坐一会儿，总理就出来。”客人坐下了。当差的进里面去，好像对着一个丫头说：“去请大爷，外头有位黄先生要见他。”里面隐约听见一个女人的声音说：“翠花，爷在五太房间哪。”我们从这句话可以断定费总理的家庭是公鸡式的，他至少有五位太太，丫头还不算在内。其实这也算不了怎么一回事，在这个礼教之邦，又值一般大人物及当代政府提倡“旧道德”的时候，多纳几位“小星”，既足以增门第的光荣，又可以为敦伦之一助，有些少身家的人不娶姨太都要被人笑话，何况时时垫款出来办慈善事业的费总理呢！

已经过一刻钟了，客人正在左观右望的时候，主人费总理一面整理他的长褂，一面踏进客厅，连连作揖，说："失迎了，对不住，对不住！"黄先生自然要赶快答礼说："岂敢，岂敢。"宾主叙过寒暄，客人便言归正传，向总理说："鄙人在本乡也办了一个妇女慈善工厂，每听见人家称赞您老先生所办的民生妇女慈善习艺工厂成绩很好，所以今早特意来到，请老先生给介绍到贵工厂参观参观，其中一定有许多可以为敝厂模范的地方。"

总理的身材长短正合乎"读书人"的度数，体质的柔弱也很相称。他那副玄黄相杂的牙齿，很能表现他是个阔人。若不是一天抽了不少的鸦片，决不能使他的牙齿染出天地的正色来！他显出很谦虚的态度，对客人详述他创办民生女工厂的宗旨和最近发展的情形。从他的话里我们知道工厂的经费是向各地捐来的。女工们尽是乡间妇女。她们学的手艺都很平常，多半是织袜、花边、裁缝，那等轻巧的工艺。工厂的出品虽然很多，销路也很好，依理说应当赚钱，可是从总理的叙述上，他每年总要赔垫一万几千块钱！

总理命人打电话到工厂去通知说黄先生要去参观，又亲自写了几个字在他自己的名片上作为介绍他的证据。黄先生显出感谢的神气，站起来向主人鞠躬告辞，主人约他晚间回来吃便饭。

主人送客出门时，顺手把电扇的制钮转了，微细的风还可以使书架上那几本《孝经》之类一页一页地被吹起来，还落下去。主人大概又回到第几姨太房里抽鸦片去。客厅里顿然寂静了。不过上房里好像有女人哭骂的声音，隐约听见“我是有夫之妇……你有钱也不成……”，其余的就听不清了。午饭刚完，当差的又引导了一位客人进来，递过茶，又到上房去回报说：“二爷来了。”

二爷与费总理是交换兰谱的兄弟。实际上他比总理大三四岁，可是他自己一定要说少三两岁，情愿列在老弟的地位。这也许是因为他本来排行第二的缘故。他的脸上现出很焦急的样子，恨不能立时就见着总理。

这次总理却不教客人等那么久。他也没穿长褂，手捧着水烟筒，一面吹着纸捻，进到客厅里来。他说：“二弟吃过饭没有？怎么这样着急？”

“大哥，咱们的工厂这一次恐怕免不了又有麻烦。不晓得谁到南方去报告说咱们都是土豪劣绅，听说他们来到就要查办咧。我早晨为这事奔走了大半天，到现在还没吃中饭哪。假使他们发现了咱们用民生工厂的捐款去办兴华公司，大哥，你有什么方法对付？若是教他们查出来，咱们不挨枪毙也得担个无期徒刑！”

总理像很有把握的神气，从容地说："二弟，别着急，先叫人开饭给你吃，咱们再商量。"他按电铃，叫人预备饭菜，接着对二爷说："你到底是胆量不大，些小事情还值得这么惊惶！'土豪劣绅'的名词难道还会加在慈善家的头上不成？假使人来查办，一领他们到这敦诗说礼之堂来看看，捐册、账本、褒奖状，件件都是来路分明，去路清楚，他们还能指摘什么，咱们当然不要承认兴华公司的资本就是民生工厂的捐款。世间没有不许办慈善事业的人兼为公司的道理，法律上也没有讲不过去的地方。"

"怕的是人家一查，查出咱们的款项来路分明，去路不清。我跟着你大哥办慈善事业，倒办出一身罪过来了，怎办，怎办？"二爷说得非常焦急。

"你别慌张，我对于这事早已有了对付的方法。咱们并没有直接地提民生工厂的款项到兴华公司去用。民生的款项本来是慈善性质，消耗了是当然的事体，只要咱们多划几笔账便可以敷衍过去。其实捐钱的人，谁来考察咱们的账目？捐一千几百块的，本来就冲着咱们的面子，不好意思不捐，实在他们也不是为要办慈善事业而捐钱，他们的钱一拿出来，早就存着输了几台麻雀的心思，捐出去就算了。只要他们来到厂里看见他们的名牌高高地悬挂在会堂上头，他们就心满意足了。还有捐一百几十的‘无名氏’，我们也可以从中想法子。在四五十个捐一百元的‘无名氏’当中，我们可以只报出三四个，那捐款的人个个便会想着报告书上所记的便是他。这里岂不又可以挖出好些钱来？至于那班捐一块几毛钱的，他们要查账，咱们也得问问他们配不配。”

“然则工厂基金捐款的问题呢？”二爷又问。

“工厂的基金捐款也可以归在去年证券交易失败的账里。若是查到那一笔，至多是派咱们‘付托失当，经营不善’这几个字，也担不上什么处分，更挂不上何等罪名。再进一步说，咱们的兴华公司，表面上岂不能说是为工厂销货和其他利益而设的？又公司的股东，自来就没有咱姓费的名字，也没你二爷的名字，咱的姨太开公司难道是犯罪行为？总而言之，咱们是名正言顺，请你不要慌张害怕。”他一面说，一面把水烟筒吸得哗罗哗罗地响。

二爷听他所说，也连连点头说：“有理有理！工厂的事，咱们可以说对得起人家，就是查办，也管教他查出功劳来。……然而，大哥，咱们还有一桩案未了。你记得去年学生们到咱们公司去检货，被咱们的伙计打死了他们两个人，这桩案件，他们来到，一定要办的。昨天我就听见人家说，学生会已宣布了你、我的罪状，又要把什么标语、口号贴在街上。不但如此，他们又要把咱们伙计冒充日籍的事实揭露出来。我想这事比工厂的问题还要重大。这真是要咱们的身家、性命、道德、名誉咧。”

总理虽然心里不安，但仍镇静地说：“那件事情，我已经拜托国仁向那边接洽去了，结果如何，虽不敢说定，但据我看来，也不至于有什么危险。国仁在南方很有点势力，只要他向那边的当局为咱们说一句好话，咱们再用些钱，那就没有事了。”

“这一次恐怕钱有点使不上罢，他们以廉洁相号召，难道还能受贿赂？”

“咳！二弟你真是个老实人！世间事都是说的容易做的难。何况他们只是提倡廉洁政府，并没明说廉洁个人。政府当然是不会受贿赂的，历来的政府哪一个受过贿呢？反正都是和咱们一类的人，谁不爱钱？只要咱们送得有名目，人家就可以要。你如心里不安，就可以立刻到国仁那里去打听一下，看看事情进行到什么程度。”

“那么，我就去罢。我想这一次用钱有点靠不住。”

总理自然愿意他立刻到国仁那里去打听。他不但可以省一顿客饭，并且可以得着那桩案件的最近消息。他说：“要去还得快些去，饭后他是常出门的。你就在外头随便吃些东西罢。可恶的厨子，教他做一顿饭到大半天还没做出来！”他故意叫人来骂了几句，又吩咐给二爷雇车。不一会，车雇得了，二爷站起来顺便问总理说：“芙蓉的事情和谐罢？恭喜你又添了一位小星。”总理听见他这话，脸上便现出不安的状态。他回答说："现在没有工夫和你细谈那事，回头再给你说罢。"他又对二爷说，"你快去快回来，今晚上在我这里吃晚饭罢。我请了一位黄先生，正要你来陪。国仁有工夫，也请他来。"

二爷坐上车，匆匆地到国仁那里去了。总理没有送客出门，自己吸着水烟，回到上房。当差的进客厅里来，把桌上茶杯里的剩茶倒了，然后把它们搁在架上。客厅里现在又寂静了。我们只能从壁上的镜子里看见街上行人的反影，其中看见时髦的女人开着汽车从窗外经过，车上只坐着她的爱犬。很可怪的就是坐在汽车上那只畜生不时伸出头来向路人狂吠，表示它是阔人的狗！它的吠声在费总理的客厅里也可以听见。

时辰钟刚敲过三下，客厅里又热闹起来了。民生工厂的庶务长魏先生领着一对乡下夫妇进来，指示他们总理客厅里的陈设。乡下人看见当中二块匾就联想到他们的大宗祠里也悬着像旁边两块一样的东西，听说是皇帝赐给他们第几代的祖先的。总理客厅里的大小自鸣钟、新旧古董和一切的陈设，教他们心里想着就是皇帝的金銮殿也不过是这般布置而已。

他们都坐下，老婆子不歇地摩挲放在身边的东西，心里有的是赞羡。

魏先生对他们说："我对你们说，你们不信，现在理会了。我们的总理是个有身家有名誉的财主，他看中了芙蓉就算你们两人的造化。她若嫁给总理做姨太，你们不但不愁没得吃的、穿的、住的，就是将来你们那个小狗儿要做一任县知事也不难。"

老头子说："好倒很好，不过芙蓉是从小养来给小狗儿做媳妇，若是把她嫁了，我们不免要吃她外家的官司。"

老婆子说："我们送她到工厂去也是为要使她学些手艺，好教我们多收些钱财，现在既然是总理财主要她，我们只得怨小狗儿没福气。总理财主如能吃得起官司，又保得我们的小狗儿做个营长、旅长，那我们就可以要一点财礼为他另娶一个回来。我说魏老爷呀，营长是不是管得着县知事？您方才说总理财主可以给小狗儿一个县知事做，我想还不如做个营长、旅长更好。现在做县知事的都要受气，听说营长还可以升到督办哪。”

魏先生说：“只要你们答应，天大的官司，咱们总理都吃得起。你看咱们总理几位姨太的亲戚没有一个不是当阔差事的。小狗儿如肯把芙蓉让给总理，那愁他不得着好差事！不说是营长、旅长，他要什么就得什么。”

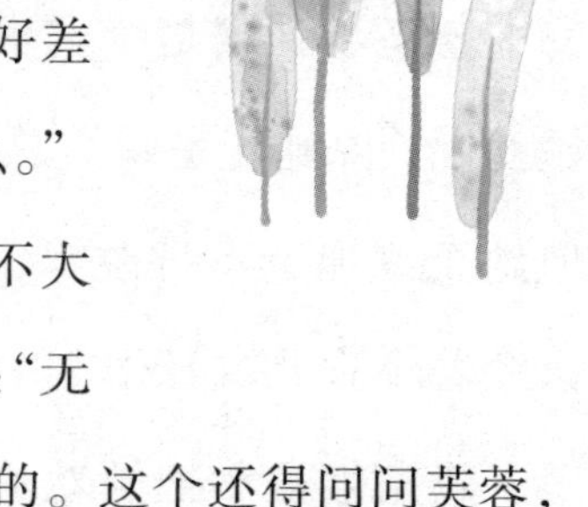

老头子是个明理知礼的人，他虽然不大愿意，却也不敢违忤魏先生的意思。他说：“无论如何，咱们两个老伙计是不能完全做主的。这个还得问问芙蓉，看她自己愿意不愿意。”

魏先生立时回答他说：“芙蓉一定愿意。只要你们两个人答应，一切的都好办了。她昨晚已在这里上房住一宿，若不愿意，她肯么？”

老头子听见芙蓉在上房住一宿就很不高兴。魏先生知道他的神气不对，赶快对他说明工厂里的习惯，女工可以被雇到厂外做活去。总理也有权柄调女工到家里当差，譬如翠花、菱花们，都是常川在家里做工的。昨晚上刚巧总理太太有点活要芙蓉来做，所以住了一宿，并没有别的缘故。

芙蓉的公姑请求叫她出来把事由说个明白，问她到底愿意不愿意。不一会，翠花领着芙蓉进到客厅里。她一见着两位老人家，便长跪在地上哭个不休。她嚷着说：“我的爹妈，快带我回家去罢，我不能在这里受人家欺侮。……我是有夫之妇。我决不能依从他。

他有钱也不能买我的志向。……”

她的声音可以从窗户传达到街上，所以魏先生一直劝她不要放声哭，有话好好地说。老婆子把她扶起来，她咒骂了一场，气泄过了，声音也渐渐低下去。

老婆子到底是个贪求富贵的人，她把芙蓉拉到身边，细声对她劝说，说她若是嫁给总理财主，家里就有这样好处，那样好处。但她至终抱定不肯改嫁，更不肯嫁给人做姨太的主意。她宁愿回家跟着小狗儿过日子。

魏先生虽然把她劝不过来，心里却很佩服她。老少喧嚷过一会，芙蓉便随着她的公姑回到乡间去。魏先生把总理请出来，对他说那孩子很刁，不要也罢，反正厂里短不了比她好看的女人。总理也骂她是个不识抬举的贱人，说她昨夜和早晨怎样在上房吵闹。早晨他送完客，回到上房的时候，从她面前经过，又被她侮辱了一顿。若不是他一意要她做姨太，早就把她一脚踢死。他教魏先生回到工厂去，把芙蓉的名字开除，还教他从工厂的临时费支出几十块钱送给她家人，教他们不要播扬这事。

五点钟过了。几个警察来到费总理家的门房，费家的人个个都捏着一把汗，心里以为是芙蓉同着她的公姑到警察厅去上诉，现在来传人了。警察们倒不像来传人的样子。他们只报告说：“上头有话，明天欢迎总司令、总指挥，各家各户都得挂旗。”费家的大小这才放了心。

当差的说：“前几天欢送大帅，你们要人挂旗，明天欢迎总司令，又要挂旗，整天挂旗，有什么意思？”

“这是上头的命令，我们只得照传。不过明天千万别挂五色国旗，现在改用海军旗做国旗。”

“哪里找海军旗去？这都是你们警厅的主意，一会要人挂这样的旗，一会又要人挂那样的旗。”

“我们也管不了。上头说挂龙旗，我们便教挂龙旗；上头说挂红旗，我们也得照传，教挂红旗。”

警察叮咛了一会，又往别家通告去了。客厅的大镜里已经映着街上一家新开张的男女理发所门口挂着两面二丈四长、垂到地上的党国大旗。那旗比新华门平时所用的还要大，从远地看来，几乎令人以为是一所很重要的行政机关。

掌灯的时候到了。费总理的客厅里安排着一席酒，是为日间参观工厂的黄先生预备的。还是庶务长魏先生先到。他把方才总理吩咐他去办的事情都办妥了。他又对总理说他已买了两面新的国旗。总理说他不该买新的，费那么些钱，他说应当到估衣铺去搜罗。原来总理以为新的国旗可以到估衣铺去买。

二爷也到了。从他眉目的舒展可以知道他所得的消息是不坏的。他从袖里掏出几本书本，对费总理说：“国仁今晚要搭专车到保定去接司令，不能来了。他教我把这几本书带来给你看。他说此后要在社会上做事，非能背诵这里头的字句不成。这是新颁的《圣经》，一点一画也不许人改易的。”

他虽然说得如此郑重，总理却慢慢地取过来翻了几遍。他在无意中翻出“民生主义”几个字，不觉狂喜起来，对二爷说：“咱们的民生工厂不就是民生主义么？”

“有理有理。咱们的见解原先就和中山先生一致呵！”二爷又对总理说国仁已把事情办妥，前途大概没有什么危险。

总理把几本书也放在《孝经》《治家格言》等书上头。也许客厅的那一个犄角就是他的图书馆！他没有别的地方藏书。

黄先生也到了，他对于总理所办的工厂十分赞美，总理也谦让了几句，还对他说他的工厂与民生主义的关系，黄先生越发佩服他是个当代的社会改良家兼大慈善家，更是总理的同志。他想他能与总理同席，是一桩非常荣幸可以记在参观日记上头、将来出版公布的事体。他自然也很羡慕总理的阔绰。心里想着，若不是财主，也做不了像他那样的慈善家。他心中最后的结论以为若不是财主，就没有做慈善家的资格。可不是！

宾主入席，畅快地吃喝了一顿，到十点左右，各自散去。客厅里现在只剩下几个当差的在那里收拾杯盘。器具摩荡的声音与从窗外送来那家新开张的男女理发所的留声机唱片的声音混在一起。

（本文原载于1928年《小说月报》第19卷第11号）

# 无忧花

## 导读：

本文是许地山讽刺小说的代表作之一，塑造了一个享乐主义至上的交际花形象。主人公加多怜受过西式教育，知道男女平等，更有崇洋媚外之心。她工于心计，通过交际应酬谋取政府公职，生活奢靡无度，与下层人民的生活形成鲜明对比。作者借自己笔下的这一形象，反映出当时社会的混乱与黑暗，批判小说中主人公这样在国家危难之时只图自己的利益、不顾社会责任的行为。

加多怜新近从南方回来，因为她父亲刚去世，遗下很多财产给她几位兄妹，她分得几万元现款和一所房子。那房子很宽，是她小时跟着父亲居住过的，很多可纪念的交际会，都在那里举行过，所以她宁愿少得五万元，也要向她哥哥换那房子。她的丈夫朴君，在南方一个县里的教育机关当一份小差事，所得薪俸虽不很够用，幸赖祖宗给他留下一点产业，还可以勉强度过日子。

自从加多怜沾着新法律的利益，得了父亲这笔遗产，她便嫌朴君所住的地方闭塞简陋，没有公园、戏院，没有舞场，也没有够得上与她交游的人物。在穷乡僻壤里，她在外洋十年间所学的种种自然没有施展的地方。她所受的教育使她要求都市的物质生活，喜欢外国器用，羡慕西洋人的性情。她的名字原来叫做黄家兰，但是偏要译成英国音义，叫加多怜伊罗。由此可知她的崇拜西方的程度。这次决心离开她丈夫，为的要恢复她的都市生活。她把那旧房子修改成中西混合的形式，想等到布置停当才为朴君在本城运动一官半职，希望能够在这里长住下去。

她住的正房已经布置好了，现在正计划着一个游泳池，要将西花园那五间祖祠来改造，两间暗间改做更衣

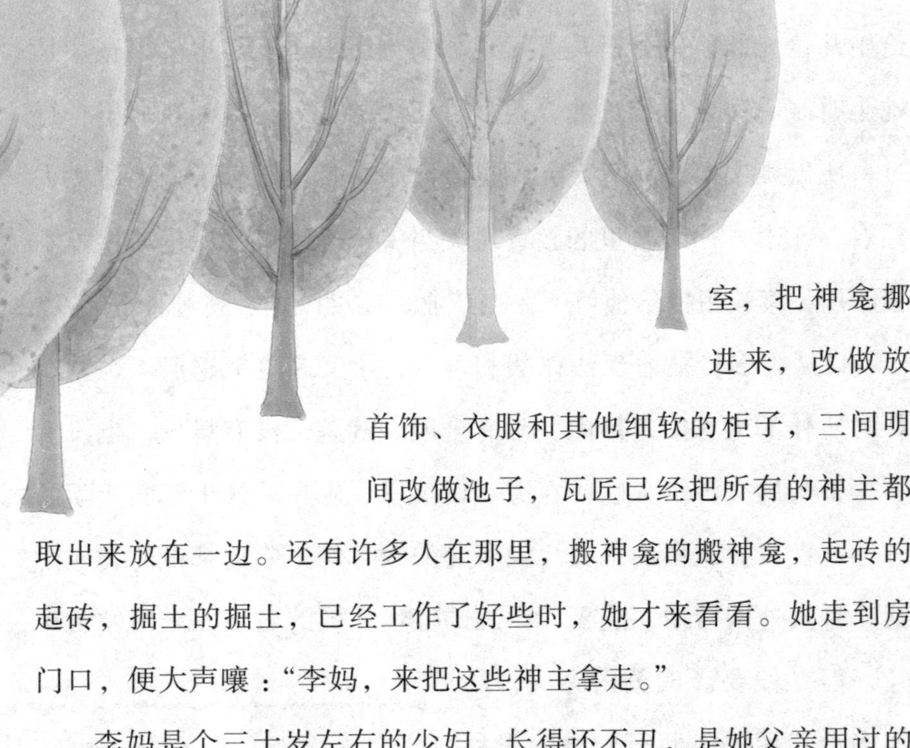

室，把神龛挪进来，改做放首饰、衣服和其他细软的柜子，三间明间改做池子，瓦匠已经把所有的神主都取出来放在一边。还有许多人在那里，搬神龛的搬神龛，起砖的起砖，掘土的掘土，已经工作了好些时，她才来看看。她走到房门口，便大声嚷：“李妈，来把这些神主拿走。”

李妈是个三十岁左右的少妇，长得还不丑，是她父亲用过的人。她问加多怜要把那些神主搬到哪里去。加多怜说：“爱搬哪儿搬哪儿。现在不兴拜祖先了，那是迷信。你拿到厨房当劈柴烧了罢。”她说：“这可造孽，从来就没有人烧过神主，您还是挑一间空屋子把它们搁起来罢。或者送到大少爷那里也比烧了强。”加多怜说：“大少爷也不一定要它们。他若是要，早就该搬走。反正我是不要它们了，你要送到大少爷那里就送去。若是他也不要，就随你怎样处置，烧了也成，埋了也成，卖了也成。那上头的金，还可以值几十块，你要是把它们卖了，换几件好衣服穿穿，不更好吗？”她答应着，便把十几座神主放在篮里端出去了。

加多怜把话吩咐明白，随即回到自己的正房，房间也是中西混合型。正中一间陈设的东西更是复杂，简直和博物院一样。在这边安排着几件魏、齐造像，那边又是意、法的裸体雕刻。壁上挂的，一方面是香光、石庵的字画，一方面又是什么表现派后期印象派的油彩。一边挂着先人留下来的铁笛玉笙，一边却放着皮安奥与梵欧林，这就是她的客厅。客厅的东西厢房，一边是她的卧房和装饰室，一边是客房，所有的设备都是现代化的。她从客厅到装饰室，便躺在一张软床上，看看手表已过五点，就按按电铃，顺手点着一支纸烟，一会，陈妈进来。她说："今晚有舞局，你把我那新做的舞衣拿出来，再打电话叫裁缝立刻把那套蝉纱衣服给送来，回头来伺候洗澡。"陈妈一一答应着，便即出去。

她洗完澡出来，坐在装台前，涂脂抹粉，足够半点钟工夫。陈妈等她装饰好了，便把衣服披在她身上。她问："我这套衣服漂亮不漂亮？"陈妈说："这花了多少钱做的？"她说："这双鞋合中国钱六百块，这套衣服是一千。"陈妈才显出很赞羡的样子说："那么贵，敢情漂亮啦！"加多怜笑她不会鉴赏，对她解释那双鞋和那套衣服会这么贵和怎样好看的缘故，但她都不懂得。她反而说："这件衣服就够我们穷人置一两顷地。"加多怜说："地有什么用呢？反正有人管你吃的穿的用的就得啦。"陈妈说："这两三年来，太太小姐们穿得越发讲究了，连那位黄老太太也穿得花花绿绿地。"加多怜说："你们看得不顺眼吗？这也不希奇。你晓得现在娘们都可以跟爷们一样，在外头做买卖、做事和做官，如

果打扮得不好，人家一看就讨嫌，什么事都做不成了。”她又笑着说：“从前的女人，未嫁以前是一朵花，做了妈妈就成了一个大倭瓜。现在可不然，就是八十岁的老太太，也得打扮得像小姑娘一样才好。”陈妈知道她心里很高兴，不再说什么，给她披上一件外衣，便出去叫车夫伺候着。

加多怜在软床上坐着等候陈妈的回报，一面从小桌上取了一本洋文的美容杂志，有意无意地翻着。一会儿李妈进来说：“真不凑巧，您刚要出门，邸先生又来了。他现时在门口等着，请进来不请呢？”加多怜说：“请他这儿来罢。”李妈答应了一声，随即领着邸力里亚进来。邸力里亚是加多怜在纽约留学时所认识的西班牙朋友，现时在领事馆当差。自从加多怜回到这城以来，他几乎每个星期都要来好几次。他是一个很美丽的少年，两撇小胡映着那对像电光闪烁的眼睛。说话时那种浓烈的表情，乍一看见，几乎令人想着他是印度欲天或希拉伊罗斯的化身，他一进门，便直趋到加多怜面前，抚着她的肩膀说：“达灵，你正要出门吗？我要同你出去吃晚饭，成不成？”加多怜说：“对不住，今晚我得去赴林市长的宴舞会，谢谢你的好意。”她拉着邸先生的手，教他也在软椅上坐。又说："无论如何，你既然来了，谈一会再走罢。"他坐下，看见加多怜身边那本美容杂志，便说："你喜欢美国装还是法国装呢？看你的身材，若扮起西班牙装，一定很好看。不信，明天我带些我们国里的装饰月刊来给你看。"加多怜说："好极了。我知道我一定会很喜欢西班牙的装束。"

两个人坐在一起，谈了许久，陈妈推门进来，正要告诉林宅已经催请过，蓦然看见他们在椅子上搂着亲嘴。在半惊半诧异的意识中，她退出门外。加多怜把邸力里亚推开，叫："陈妈进来，有什么事？是不是林宅来催请呢？"陈妈说："催请过两次了。"那邸先生随即站起来，拉着她的手说："明天再见吧，不再耽误你的美好的时间了。"她叫陈妈领他出门，自己到妆台前再匀匀粉，整理整理头面。一会陈妈进来说车已预备好，衣箱也放在车里了。加多怜对她说："你们以后该学学洋规矩才成，无论到哪个房间，在开门以前，必得敲敲门，教进来才进来。方才邸先生正和我行着洋礼，你闯进来，本来没多大关系，为什么又要缩回去？好在邸先生知道中国风俗，不见怪，不然，可就得罪客人了。"陈妈心里才明白外国风俗，亲嘴是一种礼节，她一连回答了几声："唔，唔。"随即到下房去。

加多怜来到林宅，五六十位客人已经到齐了。市长和他的夫人走到跟前同她握手。她说："对不住，来迟了。"市长连说："不迟不迟，来得正是时候。"他们与她应酬几句，又去同别的客人周旋。席间也有很多她所认识的朋友，所以和她谈笑自如，很不寂寞，席散后，麻雀党员，扑克党员，白面党员等等，各从其类，各自消遣，但大部分的男女宾都到舞厅去。她的舞艺本是冠绝一城的，所以在场上的独舞与合舞，都博得宾众的赞赏。

已经舞过很多次了。这回是市长和加多怜配舞，在进行时，市长极力赞美她身材的苗条和技术的纯熟。她越发播弄种种妩媚的姿态，把那市长的心绪搅得纷乱。这次完毕，接着又是她的独舞。市长目送着她进更衣室，静悄悄地等着她出来。众宾又舞过一回，不一会，灯光全都熄了，她的步伐随着乐音慢慢地踏出场中。她头上的纱巾和身上的纱衣满都是萤火所发的光，身体的全部在磷光闪烁中断续地透露出来。头面四周更是明亮，直如圆光一样。这动物质的衣裳比起其余的舞衣，直像寒冰狱里的鬼皮与天宫的霓裳的相差。舞罢，市长问她这件舞衣的做法。她说用萤火缝在薄纱里，在黑暗中不用反射灯能够自己放出光来。市长赞她聪明，说会场中一定有许多人不知道，也许有人会想着天衣也不过如此。

她更衣以后，同市长到小客厅去休息。在谈话间，市长便问她说："听说您不想回南了，是不是？"她回答说："不错，我有这样打算，不过我得替外子在这里找一点事做才成。不然，他必不让我一个人在这里住着。如果他不能找着事情，我就想自己去考考文官，希望能考取了，派到这里来。"市长笑着说："像您这样漂亮，还用考什么文官武官呢！您只告诉我您愿意做什么官，我明儿就下委札。"她说："不好吧，我不知道我能做什么官。您若肯提拔，就请派外子一点小差事，那就感激不尽了。”市长说：“您的先生我没见过，不便造次。依我看来，您自己做做官，岂不更抖吗？官有什么叫做会做不会做？您若肯做就能做，回头我到公事房看看有什么缺。马上就把您补上好啦。若是目前没有缺，我就给您一个秘书的名义。”她摇头，笑着说：“当秘书，可不敢奉命。女的当人家的秘书都要给人说闲话的。”市长说：“那倒没有关系，不过有点屈才而已。当然我得把比较重要的事情来叨唠。”

舞会到夜阑才散，加多怜得着市长应许给官做，回家以后，还在卧房里独自跳跃着。

从前老辈们每笑后生小子所学非所用，到近年来，学也可以不必，简直就是不学有所用。市长在舞会所许加多怜的事已经实现了。她已做了好几个月的特税局帮办，每月除到局支几百元薪水以外，其余的时间都是她自己的，督办是市长自己兼，实际办事的是局里的主任先生们。她也安置了李妈的丈夫李富在局里，为的是有事可以关照一下。每日里她只往来于饭店舞场和显官豪绅的家庭间，无忧无虑地过着太平日子。平常她起床的时间总在中午左右，午饭总

要到下午三四点，饭后便出门应酬，到上午三四点才回家。若是与邸力里亚有约会或朋友们来家里玩，她就不出门，起得也早一点。

在东北事件发生后一个月的一天早晨，李妈在厨房为她的主人预备床头点心。陈妈把客厅归置好，也到厨房来找东西吃。她见李妈在那里忙着，便问："现在才七点多，太太就醒啦？"李妈说："快了罢，今天中午有饭局，十二点得出门，不是不许叫'太太'吗？你真没记性！"陈妈说："是呀，太太做了官，当然不能再叫'太太'了。可是叫她做'老爷'，也不合适，回头老爷来到，又该怎样呢？一定得叫'内老爷'、'外老爷'才能够分别出来"。李妈说："那也不对，她不是说管她叫'先生'或是帮办么？"陈妈在灶头拿起一块烤面包抹抹果酱就坐在一边吃。她接着说："不错，可是昨天你们李富从局里来，问'先生在家不在'，我一时也拐不过弯来，后来他说太太，我才想起来。你说现在的新鲜事可乐不可乐？"李妈说："这不算什么，还有更可乐的啦。"陈妈说："可不是！那'行洋礼'的事。他们一天到晚就行着这洋礼。"她嘻笑了一阵，又说："昨晚那邸先生闹到三点才走。送出院子，又是一回洋礼，还接着'达灵'、'达灵'叫了一阵。我



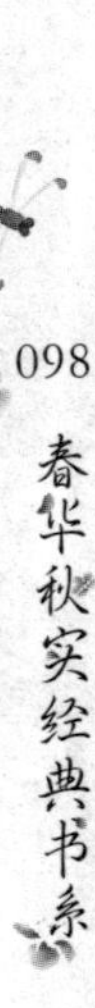

说李姐，你想他们是怎么一回事？”李妈说：“谁知道？听说外国就是这样乱，不是两口子的男女搂在一起也没有关系。昨儿她还同邸先生一起在池子里洗澡咧。”陈妈说：“提起那池子来了，三天换一次水，水钱就是二百块，你说是不是，洗的是银子不是水？”李妈说：“反正有钱的人看钱就不当钱，又不用自己卖力气，衙门和银行里每月把钱交到手，爱怎花就怎花，像前几个月那套纱衣裳，在四郊收买了一千多只火虫，花了一百多。听说那套料子就是六百，工钱又是二百。第二天要我把那些火虫一只一只从小口袋里摘出来，光那条头纱就有五百多只，摘了一天还没摘完，真把我的胳臂累坏了。三天花二百块的水，也好过花八九百块做一件衣服穿一晚上就拆，这不但糟蹋钱并且造孽。你想，那一千多只火虫的命不是命吗？”陈妈说：“不用提那个啦。今天过午，等她出门，咱们也下池子去试一试，好不好？”李妈说：“你又来了，上次你偷穿她的衣服，险些闯出事来。现在你又忘了！我可不敢。那个神堂，不晓得还有没有神，若是有，咱们光着身子下去，怕亵渎了受责罚。”陈妈说：“人家都不会出毛病，咱们还怕什么？”她站起来，顺手带了些吃的到自己屋里去了。

李妈把早点端到卧房，加多怜已经靠着床背，手拿一本杂志在那里翻着。她问李妈：“有信没信？”李妈答应了一声：“有。”随把盘子放在床上，问过要穿什么衣服以后便出去了。她从盘子里拿起信来，一封一封看过。其中有一封是朴君的，说他在年底要来。她看过以后，把信放下，并没显出喜悦的神气，皱着眉头，

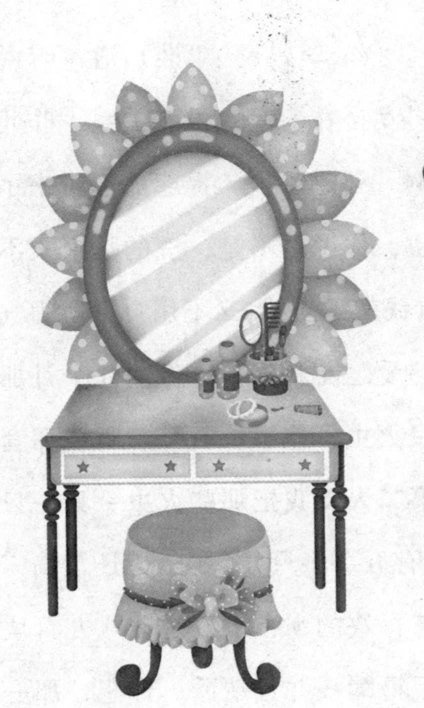

拿起面包来吃。

中午是市长请吃饭，座中只有宾主二人。饭后，市长领她到一间密室去。坐定后，市长便笑着说："今天请您来，是为商量一件事情。您如同意，我便往下说。"加多怜说："只要我的能力办得到，岂敢不与督办同意？"

市长说："我知道只要您愿意，就没有办不到的事。我给您说，现在局里存着一大宗缉获的私货和违禁品，价值在一百万以上。我觉得把它们都归了公，怪可惜的，不如想一个化公为私的方法，把它们弄一部分出来。若能到手，我留三十万，您留二十五万，局里的人员分二万，再提一万出来做参与这事的人们的应酬费。如果要这事办得没有痕迹，最好找一个外国人来认领。您不是认识一位领事馆的朋友吗？若是他肯帮忙，我们应在应酬费里提出四五千送他。您想这事可以办吗？"加多怜很踌躇，摇着头说："这宗款太大了，恐怕办得不妥，风声泄漏出去，您我都要担干系。"市长大笑说："您到底是个新官僚！赚几十万算什么？别人从飞机、军舰、军用汽车装运烟土白面，几千万、几百万就那么容易到手，从来也没曾听见有人质问过。我们赚一百几十万，岂不是小事吗？您请放心，有福大家享，有罪鄙人当，您待一会去找那位邸先生商量一下得啦。”她也没主意了，听市长所说，世间简直好像是没有不可做的事情。她站起来，笑着说：“好吧，去试试看。”

加多怜来到邸力里亚这里，如此如彼地说了一遍。这邸先生对于她的要求从没拒绝过，但这次他要同她交换条件才肯办。他要求加多怜同他结婚，因为她在热爱的时候曾对他说过她与朴君离异了。加多怜说：“时候还没到，我与他的关系还未完全脱离。此外，我还怕社会的批评。”他说：“时候没到，时候没到，到什么时候才算呢？至于社会那有什么可怕的？社会很有力量，像一个勇士一样。可是这勇士是瞎的，只要你不走到他跟前，使他摸着你，他不看见你，也不会伤害你。我们离开中国就是了。我们有了这么些钱，随便到阿根廷住也好，到意大利住也好，就是到我的故乡巴悉罗那住也无不可。我们就这样办吧，我知道你一定要喜欢巴悉罗那的蔚蓝天空，那是没有一个地方能够比得上的。我们可以买一只游艇，天天在地中海遨游，再没有比这事快乐了。”

邸力里亚的话把加多怜说得心

动了，她想着和朴君离婚倒是不难，不过这几个月的官做得实在有瘾，若是嫁给外国人，国籍便发生问题，以后能不能回来，更是一个疑问。她说：“何必做夫妇呢？我们这样天天在一块玩，不比夫妇更强吗？一做了你的妻子，许多困难的问题都要发生出来。若是要到巴悉罗那去，等事情弄好了，就拿那笔款去花一两年也无妨。我也想到欧洲去玩玩。……”她正说着，小使进来说帮办宅里来电话，请帮办就回去，说老妈子洗澡，给水淹坏了。加多怜立刻起身告辞。邸先生说：“我跟你去罢，也许用得着我。”于是，二人坐上汽车飞驶到家。

加多怜和邸先生一直来到游泳池边，陈妈和李妈已经被捞起来，一个没死，一个还躺着，她们本要试试水里的滋味，走到跳板上，看见水并不很深，陈妈好玩，把李妈推下去，哪里知道跳板弹性很强，同时又把她弹下去。李妈在水里翻了一个身，冲到池边，一手把绳揪着，可是左臂已擦伤了。陈妈浮起来两三次，一沉到底。李妈大声嚷救命，园里的花匠听见，才赶紧进来，把她们捞起来。邸先生给陈妈施行人工呼吸法，好容易把她救活了，加多怜叫邸先生把她们送到医院去。

邸力里亚从医院回来，加多怜继续与他谈那件事情，他至终应许去找一个外商来承认那宗私货，并且发出一封领事馆的证明书，她随即用电话通知督办。督办在电话里一连对她说了许多夸奖的话，其喜欢可知。

两三个月的国难期间，加多怜仍是无忧无虑能乐且乐地过她的生活。那笔大款她早已拿到手，那邸先生又催着她一同到巴悉罗那去。她到市长那里，偶然提起她要出洋的事，并且说明这是当时的一个条件。市长说："这事容易办，就请朴君代理您的事情，您要多久回任都可以。"加多怜说："很好，外子过几天就可以到。我原先叫他过年二三月才来，但他说一定要在年底来。现在给他这差事，真是再好不过了。"

朴君到了，加多怜递给他一张委任状。她对丈夫说，政府派她到欧洲考查税务，急要动身，教他先代理帮办，等她回来再谋别的事情做。朴君是个老实人，太太怎么说，他就怎么答应，心里并且赞赏她的本领。

过几天，加多怜要动身了。她和邸力里亚同行，朴君当然不晓得他们的关系，把他们送到上海候船，便赶快回来。刚一到家，陈妈的丈夫和李富都

在那里等候着。陈妈的丈夫说他妻子自从出院以后，在家里病得不得劲，眼看不能再出来做事了，要求帮办赏一点医药费。李富因局里的人不肯分给他那笔款，教他问帮办要。这事迟延很久，加多怜也曾应许教那班人分些给他，但她没办妥就走了。朴君把原委问明，才知道他妻子自离开他以后的做官生活的大概情形。但她已走了，他既不便用书信去问她，又不愿意拿出钱来给他们。说了很久，不得要领，他们都怅怅地走了。

一星期后，特税局的大侵吞案被告发了，告发人便是李富和几个分不着款的局员，市长把事情都推在加多怜身上。把朴君请来，说了许多官话，又把上级机关的公文拿出来。朴君看得眼呆呆地，说不出半句话来。市长假装好意说："不要紧，我一定要办到不把阁下看管起来。这事情本不难办，外商来领那宗货物，也是有凭有据，最多也不过是办过失罪，只把尊寓交出来当做赔偿，变卖得多少便算多少，敷衍得过便算了事。我与尊夫人的交情很深，这事本可以不必推究，不过事情已经闹到上头，要不办也不成。我知道尊夫人一定也不在乎那所房子，她身边至少也有三十万呢。"

第二天，撤职查办的公文送到，警察也到了。朴君气得把那张委任状撕得粉碎。他的神气直想发狂，要到游泳池投水，幸而那里已有警察，把他看住了。

房子被没收的时候，正是加多怜同邸力里亚离开中国的那天。他在敌人的炮火底下，和平日一样，无忧无虑地来了吴淞口。邸先生望着岸上的大火，对加多怜说："这正是我们避乱的机会，我看这仗一时是打不完的，过几年，我们再回来吧！"

（本文原载于 1933 年 4 月《解放者》）

# 街头巷尾之伦理

导读：

本文将故事场景设在街巷之中，司空见惯的小景更能映射出当时社会的状况。瞎子挨打，周围一群看热闹的人，没有一个敢上前理论，或许是因为他们觉得打人者真有他的道理，或许是因为他们见过太多这样的情形，总之，每一个围观者脸上所流露出来的都是麻木与冷漠。由此可见，当时人们的生活状态。

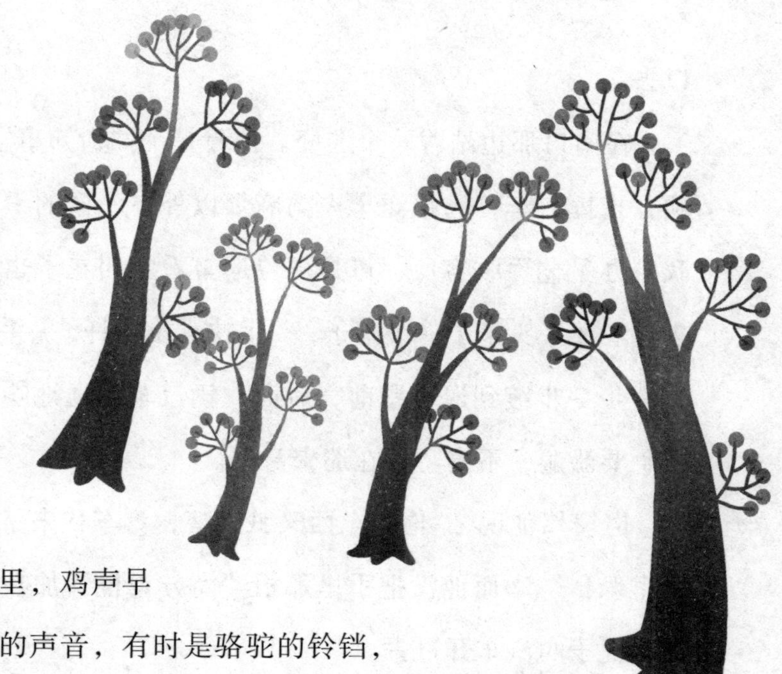

在这城市里，鸡声早已断绝，破晓的声音，有时是骆驼的铃铛，有时是大车的轮子。那一早晨，胡同里还没有多少行人，道上的灰土蒙着一层青霜，骡车过处，便印上蹄痕和轮迹。那车上满载着块煤，若不是加上车夫的鞭子，合着小驴和大骡的力量，也不容易拉得动。有人说，做牲口也别做北方的牲口，一年有大半年吃的是干草，没有歇的时候，有一千斤的力量，主人最少总要它拉够一千五百斤，稍一停顿，便连鞭带骂。这城的人对于牲口好像还没有想到有什么道德的关系，没有待遇牲口的法律，也没有保护牲口的会社。骡子正在一步一步使劲拉那重载的煤车，不提防踩了一蹄柿子皮，把它滑倒，车夫不问情由挥起长鞭，没头没脸地乱鞭，嘴里不断地骂它的娘，它的姊妹。在这一点上，车夫和他的牲口好像又有了人伦的关系。骡子喘了一会气，也没告饶，挣扎起来，前头那匹小驴帮着它，把那车慢慢地拉出胡同口去。

在南口那边站着一个巡警。他看是个“街知事”，然而除掉捐项，指挥汽车，和跟洋车夫捣麻烦以外，一概的事情都不知。市政府办了乞丐收容所，可是那位巡警看见叫花子也没请他到所里去住。那一头来了一个瞎子，一手扶着小木杆，一手提着破柳罐。他一步一步踱到巡警跟前，后面一辆汽车远远地响着喇叭，吓得他急要躲避，不凑巧撞在巡警身上。

巡警骂他说：“你这东西又脏又瞎，汽车快来了，还不快往胡同里躲！”幸而他没把手里那根“尚方警棍”加在瞎子头上，只挥着棍子叫汽车开过去。

瞎子进了胡同口，沿着墙边慢慢地走。那边来了一群狗，大概是追母狗的。它们一面吠，一面咬，冲到瞎子这边来。他的拐棍在无意中碰着一只张牙咧嘴的公狗，被它在腿上咬了一口。他摩摩大腿，低声骂了一句，又往前走。

“你这小子，可教我找着了。”从胡同的那边迎面来了一个人，远远地向着瞎子这样说。

那人的身材虽不很魁梧，可也比得胡同口“街知事”。据说他也是个老太爷身份，在家里刨掉灶王爷，就数他大，因为他有很多下辈供养他。他住在鬼门关附近，有几个侄子，还有儿媳妇和孙子。有一个儿子专在人马杂沓的地方做扒手。有一个儿子专在娱乐场或戏院外头假装寻亲不遇，求帮于人。一个儿媳妇带着孙子在街上捡煤渣，有时也会利用孩子偷街上小摊的东西。这瞎子，他的侄儿，却用“可怜我瞎子……”这套话来生利。他们照例都得把所得的财物奉给这位家长受用，若有怠慢，他便要和别人一样，拿出一条伦常的大道理来谴责他们。

瞎子已经两天没回家了。他蓦然听见叔叔骂他的声音，早已吓得魂不附体。叔叔走过来，拉着他的胳臂，说：“你这小子，往哪里跑？”瞎子还没回答，他顺手便给他一拳。

瞎子“哟”了一声，哀求他叔叔说：“叔叔别打，我昨天一天还没吃的，要不着，不敢回家。”

叔叔也用了骂别人的妈妈和姊妹的话来骂他的侄子。他一面骂，一面打，把瞎子推倒，拳脚交加。瞎子正坐在方才教骡子滑倒的那几个烂柿子皮的地方。破柳罐也摔了，掉出几个铜元，和一块干面包头。

叔叔说：“你还撒谎？这不是铜子？这不是馒头？你有剩下的，还说昨天一天没吃，真是该揍的东西。”他骂着，又连踢带打了一会儿。

瞎子想是个忠厚人，也不会抵抗，只会求饶。

路东五号的门开了。一个中年的女人拿着药罐子到街心，把药渣子倒了。她想着叫往来的人把吃那药的人的病带走，好像只要她的病人好了，叫别人病了千万个也不要紧。她提着药罐，站在街门口看那人打他的瞎眼侄儿。

路西八号的门也开了。一个十三四岁的黄脸丫头，提着脏水桶，望街上便泼。她泼完，也站在大门口瞧热闹。



路东九号出来几个人，路西七号也出来几个人，不一会，满胡同两边都站着瞧热闹的人们。大概同情心不是先天的本能，若不能，他们当中怎么没有一个人走来把那人劝开？难道看那瞎子在地上呻吟，无力抵抗，和那叔叔凶狠恶煞的样子，够不上动他们的恻隐之心么？

瞎子嚷着救命，至终没人上前去救他。叔叔见有许多人在两旁看他教训着坏子弟，便乘机演说几句。这是一个演说时代，所以“诸色人等”都能演说。叔叔把他的侄儿怎样不孝顺，得到钱自已花，有好东西自已吃的罪状都布露出来。他好像理会众人以他所做的为合理，便又将侄儿恶打一顿。

瞎子的枯眼是没有泪流出来的，只能从他的号声理会他的痛楚。他一面告饶，一面伸手去摸他的拐棍。叔叔快把拐棍从地上捡起来，就用来打他。棍落在他的背上发出一种霍霍的声音，显得他全身都是骨头。叔叔说：“好，你想逃？你逃到哪里去？”说完，又使劲地打。

街坊也发议论了。有些说该打，有些说该死，有些说可怜，有些说可恶。可是谁也不愿意管闲事，更不愿意管别人的家事，所以只静静地站在一边，像“观礼”一样。

叔叔打够了，把地下两个大铜子捡起来，问他：“你这些子儿都是从哪里来的？还不说！”

瞎子那些铜子是刚在大街上要来的，但也不敢申辩，由着他叔叔拿走。

胡同口的大街上，忽然过了一大队军警。听说早晨司令部要枪毙匪犯。胡同里方才站着瞧热闹的人们，因此也冲到热闹的胡同去。他们看见大车上绑着的人。那人高声演说，说他是真好汉，不怕打，不怕杀，更不怕那班临阵扔枪的丘八。围观的人，也像开国民大会一样，有喝彩的，也有拍手的。那人越发高兴，唱几

句《失街亭》，说东道西，一任骡子慢慢地拉着他走。车过去了，还有很多人跟着，为的是要听些新鲜的事情。文明程度越低的社会，对于游街示众、法场处死、家小拌嘴、怨敌打架等事情，都很感得兴趣，总要在旁助威，像文明程度高的人们在戏院、讲堂、体育场里助威和喝彩一样。说“文明程度低”一定有人反对，不如说“古风淳厚”较为堂皇些。

胡同里的人，都到大街上看热闹去了。这里，瞎子从地下爬起来，全身都是伤痕。巡警走来说他一声“活该”！

他没说什么。

那边来了一个女人，戴着深蓝眼镜，穿着淡红旗袍，头发烫得像石狮子一样。从跟随在她后面那位抱着孩子的灰色衣帽人看来，知道她是个军人的眷属。抱小孩的大兵，在地下捡了一个大子。那原是方才从破柳罐里摔出来的。他看见瞎子坐在道边呻吟，就把捡得的铜子扔给他。

“您积德修好哟！我给您磕头啦！”是瞎子谢他的话。

他在这一个大子的恩惠以外，还把道上的一大块面包头踢到瞎子跟前，说：“这地上有你吃的东西。”他头也不回，洋洋地随着他的女司令走了。

瞎子在那里摸着块干面包，正拿在手里，方才咬他的那只饿狗来到，又把它抢走了。

“街知事”站在他的岗位，望着他说：“瞧，活该！”

（本文原载于1933年4月《解放者》）

# 桃金娘

## 导读：

本文是许地山携全家到香港之后为孩子们创作的，由此也可以看出他对儿童教育的重视。作者放眼于闽南地区的自然风光，塑造了一个善良、勇敢、倔强的桃金娘形象。桃金娘面对挫折没有退缩，而是迎难而上，靠自己的双手创造美好的明天。时局混乱之中，这样积极向上的女孩形象反映出作者对美好未来的憧憬。

桃金娘是一种常绿灌木，粤、闽山野很多，叶对生，夏天开淡红色的花，很好看的，花后结圆形像石榴的紫色果实。有一个别名广东土话叫做“冈拈子”，夏秋之间结子像小石榴，色碧绛，汁紫，味甘，牧童常摘来吃，市上却很少见，还有常见的蒲桃，及连雾（土名鬼蒲桃），也是桃金娘科的植物。

一个人没有了母亲是多么可悲呢！我们常看见幼年的孤儿所遇到的不幸，心里就会觉得在母亲的庇荫底下是很大的一份福气。我现在要讲从前一个孤女怎样应付她的命运的故事。

在福建南部，古时都是所谓“洞蛮”住着的。他们的村落是依着山洞建筑起来，最著名的有十八个洞。酋长就住在洞里，称为洞主。其余的人们搭茅屋围着洞口，俨然是聚族而居的小民族。十八洞之外有一个叫做仙桃洞，出的好蜜桃，民众都以种桃为业，拿桃实和别洞的人们交易，生活倒是很顺利的。洞民中间有一家，男子都不在了，只剩下一个姑母一个小女儿金娘。她生下来不到一个月，父母在桃林里被雷劈死了。迷信的洞民以为这是他们二人犯了什么天条，连他们的遗孤也被看为不祥的人。所以金娘在社会里是没人敢与她来往的。虽然她长得绝世的美丽，村里的大歌舞会她总不敢参加，怕人家嫌恶她。

她有她自己的生活，她也不怨恨人家，每天帮着姑母做些纺织之外，有工夫就到山上去找好看的昆虫和花草。有时人看见她戴得满头花，便笑她是个疯女子，但她也不在意。她把花草和昆虫带回茅寮里，并不是为玩，乃是要辨认各样的形状和颜色，好照样在布匹上织上花纹。她是一个多么聪明的女子呢！姑母本来也是很厌恶她的，从小就骂她，打她，说她不晓得是什么妖精下凡，把父母的命都送掉。但自金娘长大之后，会到山上去采取织纹的样本，使她家的出品受洞人们的喜欢，大家拿很贵重的东西来互相交易，她对侄女的态度变好了些，不过打骂还是不时会有的。

因为金娘家所织的布花样都是日新月异的，许多人不知不觉地就忘了她是他们认为不祥的女儿，在山上常听见男子的歌声，唱出底下的辞句：

你去爱银姑，我却爱金娘。银姑歌舞虽漂亮，不如金娘衣服好花样。歌舞有时歇，花样永在衣裳上。你去爱银姑，我来爱金娘，我要金娘给我做的好衣裳。银姑是谁？说来是很有势力的，她是洞主的女儿，谁与她结婚，谁就是未来的洞主。所以银姑在社会里，谁都得巴结她。因为洞主的女儿用不着十分劳动，天天把光阴消磨在歌舞上，难怪她舞得比谁都好。她可以用歌舞教很悲伤的人快乐起来，但是那种快乐是不恒久的，歌舞一歇，悲伤又走回来了。银姑只听见人家赞她的话，现在来了一个艺术的敌人，不由得嫉妒心发作起来，在洞主面前说金娘是个狐媚子，专用颜色来蛊惑男人。洞主果然把金娘的姑母叫来，问她怎样织成蛊惑男人的布匹，她一定是使上巫术在所织的布上了。必要老姑母立刻把金娘赶走，若是不依，连她也得走。姑母不忍心把这消息告诉金娘，但她已经知道她的意思了。

她说：“姑妈，你别瞒我，洞主不要我在这里，是不是？”姑母没做声，只看着她还没织成的一匹布滴泪。“姑妈，你别伤心，我知道我可以到一个地方去，你照样可以织好看的布。你知道我不会用巫术，我只用我的手艺。你如要看我的时候，可以到那山上向着这种花叫我，我就会来与你相见的。”金娘说着，从头上摘下一枝淡红色的花递给她的姑母，又指点了那山的方向，什么都不带就望外走。

“金娘，你要到那里去，也得告诉我一个方向，我可以找你去。”姑母追出来这样对她说。“我已经告诉你了，你到那山上，见有这样花的地方，只要你一叫金娘，我就会到你面前来。”她说着，很快地就向树林里消逝了。原来金娘很熟悉山间的地理，她知道在很多淡红花的所在有许多野果可以充饥。在那里，她早已发现了一个仅可容人的小洞，洞里的垫褥都是她自己手织的顶美的花布。她常在那里歇息，可是一向没人知道。

村里的人过了好几天才发现金娘不见了，他们打听出来是因为一首歌激怒了银姑，就把金娘撵了。于是大家又唱起来：谁都恨银姑，谁都爱金娘。银姑虽然会撒谎，不能涂掉金娘的花样。撒谎涂污了自己，花纹还留衣裳上。谁都恨银姑，谁都想金娘，金娘回来，给我再做好衣裳。银姑听了满山的歌声都是怨她的辞句，可是金娘已不在面前，也发作不了。那里的风俗是不能禁止人唱歌的。唱歌是民意的表示，洞主也很诧异为什么群众喜欢金娘。有一天，他召集族中的长老来问金娘的好处。长老们都说她

是一个顶聪明勤劳的女子，人品也好，所差的就是她是被雷劈的人的女儿；村里有一个这样的人，是会起纷争的。看现在谁都爱她，将来难保大家不为她争斗，所以把她撵走也是一个办法。洞主这才放了心。

天不作美，一连有好几十天的大风雨，天天有雷声绕着桃林。这教村里人个个担忧，因为桃子是他们唯一的资源。假如桃树叫风拔掉或教水冲掉，全村的人是要饿死的。但是村人不去防卫桃树，却忙着把金娘所织的衣服藏在安全的地方。洞主问他们为什么看金娘所织的衣服比桃树重。他们就唱说：

桃树死掉成枯枝，金娘织造世所稀。桃树年年都能种，金娘去向无人知。洞主想着这些人们那么喜欢金娘，必得要把他们的态度改变过来才好。于是他就和他的女儿银姑商量，说：“你有方法教人们再喜欢你么？”

银姑唯一的本领就是歌舞，但在大雨滂

沱的时候，任她的歌声嘹亮也敌不过雷音泉响，任她的舞态轻盈，也踏不了泥淖砾场。她想了一个主意，走到金娘的姑母家，问她金娘的住处。

“我不知道她住在那里，可是我可以见着她。”姑母这样说。

“你怎样能见着她呢？你可以教她回来么？”

“为什么又要她回来呢？”姑母问。

“我近来也想学织布，想同她学习学习。”

姑母听见银姑的话就很喜欢地说：“我就去找她。”说着披起蓑衣就出门。银姑要跟着她去，但她阻止她说：“你不能跟我去，因为她除我以外，不肯见别人。若是有人同我去，她就不出来了。”

银姑只好由她自己去了。她到山上，摇着那红花，叫：“金娘，你在哪里？姑妈来了。”金娘果然从小林中踏出来，姑母告诉她银姑怎样要跟她学织纹。她说：“你教她就成了，我也没有别的巧妙，只留神草树的花叶，禽兽的羽毛，和到山里找寻染色的材料而已。”

姑母说：“自从你不在家，我的染料也用完了，怎样染也染不出你所染的颜色来。你还是回家把村里的个个女孩子都教会了你的手艺罢。”

“洞主怎样呢？”“洞主的女儿来找我，我想不至于难为我们罢。”金娘说：“最好是叫银姑在这山下搭一所机房，她如诚心求教，就到那里去，我可以把一切的经验都告诉她。”姑母回来，把金娘的话对银姑说。银姑就去求洞主派人到山下去搭棚。众人一听见是为银姑搭的，以为是为她的歌舞，都不肯去做，这教银姑更嫉妒。她当着众人说：“这是为金娘搭的。她要回来把全洞的女孩子都教会了织造好看的花纹。你们若不信，可以问问她的姑母去。”

大家一听金娘要回来，好像吃了什么兴奋药，都争前恐后地搭竹架子，把各家存着的茅草搬出来。不到两天工夫，在阴晴不定的气候中把机房盖好了，一时全村的女儿都齐集在棚里，把织机都搬到那里去，等着金娘回来教导她们。

金娘在众人企望的热情中出现了，她披着一件带宝光的蓑衣，戴的一顶箨笠，是她在小洞里自己用细树皮和竹箨交织成的，众男子站在道旁争着唱欢迎她的歌：

大雨淋不着金娘的头；大风飘不起金娘的衣。风丝雨丝，金娘也能接它上织机；她是织神的老师。金娘带着笑容向众男子行礼问好，随即走进机房与众妇女见面。一时在她指导底下，大家都工作起来。这样经过三四天，全村的男子个个都企望可以与她攀谈，有些提议晚间就在棚里开大宴会。因为她回来，大家都高

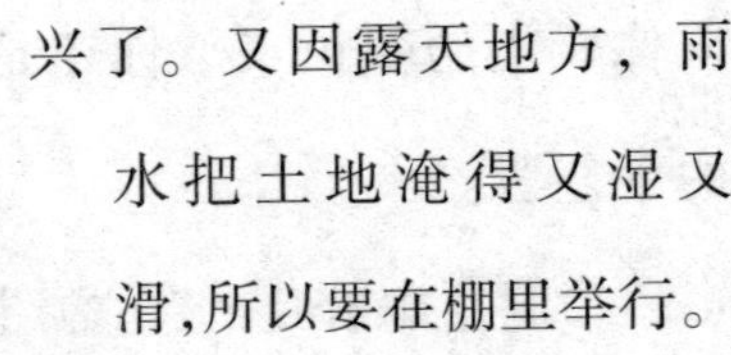

兴了。又因露天地方，雨水把土地淹得又湿又滑，所以要在棚里举行。

银姑更是不喜欢，因为连歌舞的后座也要被金娘夺去了。那晚上可巧天晴了，大家格外兴奋，无论男女都预备参加那盛会。每人以穿着一件金娘所织的衣服为荣；最低限度也得搭上一条她所织的汗巾，在灯光底下更显得五光十色。金娘自己呢，她只披了一条很薄的轻纱，近看是像没穿衣服，远见却像一个人在一根水晶柱子里藏着，只露出她的头——一个可爱的面庞向各人微笑。银姑呢，她把洞主所有的珠宝都穿戴起来，只有她不穿金娘所织的衣裳。但与金娘一比，简直就像天仙与独眼老猕猴站在一起。大家又把赞美金娘的歌唱起来，银姑觉得很窘，本来她叫金娘回来就是不怀好意的，现在怒火与妒火一齐燃烧起来，趁着人不觉得的时候，把茅棚点着了，自己还走到棚外等着大变故的发生。

一会火焰的舌伸出棚顶，棚里的人们个个争着逃命。银姑看见那狼狈情形一点也没有恻隐之心，还在一边笑，指着这个说："吓吓！你的宝贵的衣服烧焦了！"对着那个说："喂，你的金娘所织的衣服也是禁不起火的！"诸如此类的话，她不晓得说了多少。

金娘可在火棚里帮着救护被困的人们，在火光底下更显出她为人服务的好精神。忽然哗喇一声，全个棚顶都塌下来了，里面只听见嚷救的声音。正在烧得猛烈的时候，大雨忽然降下，把火淋灭了。可是四周都是漆黑，火把也点不着，水在地上流着，像一片湖沼似的。

第二天早晨，逃出来的人们再回到火场去，要再做救人的工作，但仔细一看，场里的死尸堆积很多，几乎全是村里的少女。因为发现火头起来的时候，个个都到织机那里，要抢救她们所织的花纹布。这一来可把全洞的女子烧死了一大半，几乎个个当嫁的处女都不能幸免。

事定之后，他们发见银姑也不见了。大家想着大概是水流冲激的时候，她随着流水沉没了。可是金娘也不见了！这个使大家很着急，有些不由得流出眼泪来。

雨还是下个不止，山洪越来越大，桃树被冲下来的很多，但大家还是一

意找金娘。忽然霹雳一声，把洞主所住的洞也给劈开了，一时全村都乱着各逃性命。

过了些日子天渐晴回来，四围恢复了常态，只是洞主不见。他是给雷劈死的，一时大家找不着银姑，所以没有一个人有资格承继洞主的地位。于是，大家又想起金娘来，说："金娘那么聪明，一定不会死的。不如再去找找她的姑母，看看有什么方法。"

姑母果然又到山上去，向着那小红花嚷说："金娘，金娘，你回来呀，大家要你回来，你为什么不回来呢？"随着这声音，金娘又面带笑容，站在花丛里，说："姑妈，要我回去干什么？所有的处女都没有了。我还能教谁呢？""不，是所有的处男要你，你去安慰他们罢。"金娘于是又随着姑母回到茅寮里，所有的未婚男子都聚拢来问候她，说："我们要金娘做洞主。金娘教我们大家纺织，我们一样地可以纺织。"

金娘说："好，你们如果要我做洞主，你们用什么来拥护我呢？""我们用我们的工作来拥护你，把你的聪明传播各洞去。教人家觉得我们的布匹比桃实好得多。"金娘于是承受众人的拥戴做起洞主来。她又教大家怎样把桃树种得格外肥美。在村里，种植不忙的时候，时常有很快乐的宴会。男男女女都能采集染料，和织造好看的布匹，一直做到她年纪很大的时候，把所有织布、染布的手艺都传给众人。最后，她对众人说："我不愿意把我的遗体现在众人面前教大家伤心，我去了之后，你们当中，谁最有本领、最有为大家谋安全的功绩的，谁就当洞主。如果你们想念我，我

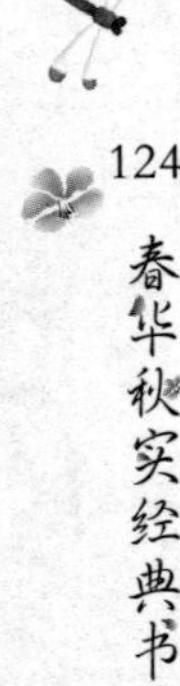

去了之后，你们看见这样的小红花就会记起我来。”说着她就自己上山去了。

因为那洞本来出桃子，所以外洞的人都称呼那里的众人为“桃族”。那仙桃洞从此以后就以织纹著名，尤其是织着小红花的布，大家都喜欢要，都管它叫做“桃金娘布”。

自从她的姑母去世之后，山洞的方向就没人知道。全洞人只知道那山是金娘往时常到的，都当那山为圣山，每到小红花盛开时候，就都上山去，冥想着金娘。所以那花以后就叫做“桃金娘”了。

对于金娘的记忆很久很久还延续着，当我们最初移民时，还常听到洞人唱的：桃树死掉成枯枝，金娘织造世所稀。桃树年年都能种，金娘去向无人知。

（本文原载于1941年7~8月香港《新儿童》半月刊第1卷第4~5期）

# 春桃

## 导读：

这篇小说是许地山小说创作巅峰时期的作品，讲述了女主人公春桃跌宕起伏的人生。当春桃的的命运遇到了极大的挑战，她没有考虑世俗的眼光，勇敢地选择了与两个男人一起生活。战乱给人们带来了太多苦难，但是春桃没有被这些苦难所压倒。在重重矛盾之下，她选择了无私与友爱，支撑着这个特殊家庭生活下去。

这年的夏天分外地热。街上的灯虽然亮了，胡同口那卖酸梅汤的还像唱梨花鼓的姑娘耍着他的铜碗。一个背着一大篓字纸的妇人从他面前走过，在破草帽底下虽看不清她的脸，当她与卖酸梅汤的打招呼时，却可以理会她有满口雪白的牙齿。她背上担负得很重，甚至不能把腰挺直，只如骆驼一样，庄严地一步一步踱到自己门口。

进门是个小院，妇人住的是塌剩下的两间厢房。院子一大部分是瓦砾。在她的门前种着一棚黄瓜，几行玉米。窗下还有十几棵晚香玉。几根朽坏的梁木横在瓜棚底下，大概是她家最高贵的坐处。她一到门前，屋里出来一个男子，忙帮着她卸下背上的重负。

“媳妇，今儿回来晚了。”妇人望着他，像很诧异他的话。“什么意思？你想媳妇想疯啦？别叫我媳妇，我说。”她一面走进屋里，把破草帽脱下，顺手挂在门后，从水缸边取了一个小竹筒向缸里一连舀了好几次，喝得换不过气来，张了一会嘴，到瓜棚底下把篓子掩到一边，便自坐在朽梁上。

那男子名叫刘向高。妇人的年纪也和他差不多，在三十左右，娘家也姓刘。除掉向高以外，没人知道她的名字叫做春桃。街坊叫她做捡烂纸的刘大姑，因为她的职业是整天在街头巷尾垃圾堆里讨生活，有时沿途嚷着“烂字纸换取灯儿”。一天到晚在烈日冷风里吃尘土，可是生来爱干净，无论冬夏，每天回家，她总得净身洗脸。替她预备水的照例是向高。

向高是个乡间高小毕业生，四年前，乡里闹兵灾，全家逃散

了，在道上遇见同是逃难的春桃，一同走了几百里，彼此又分开了。她随着人到北京来，因为总布胡同里一个西洋妇人要雇一个没混过事的乡下姑娘当“阿妈”，她便被荐去上工。主妇见她长得清秀，很喜爱她。她见主人老是吃牛肉，在馒头上涂牛油，喝茶还要加牛奶，来去鼓着一阵膻味，闻不惯。有一天，主人叫她带孩子到三贝子花园去，她理会主人家的气味有点像从虎狼栏里发出来的，心里越发难过，不到两个月，便辞了工。到平常人家去，乡下人不惯当差，又挨不得骂，上工不久，又不干了。在穷途上，她自己选了这捡烂纸换取灯儿的职业，一天的生活，勉强可以维持下去。

向高与春桃分别后的历史倒很简单，他到涿州去，找不着亲人，有一两个世交，听他说是逃难来的，都不很愿意留他住下，不得已又流到北京来。由别人的介绍，他认识胡同口那卖酸梅汤的老吴，老吴借他现在住的破院子住，说明有人来赁，他得另找地方。他没事做，只帮着老吴算算账，卖卖货。他白住房子白做活，只赚两顿吃。春桃的捡纸生活渐次发达了，原住的地方，人家不许她堆货，她便沿着德胜门墙根来找住处。一敲门，正是认识的刘向高。她不用经过许多手续，便向老吴赁下这房子，也留向高住下，帮她的忙。这都是三年前的事了。他认得几个字，在春桃捡来和换来的字纸里，也会抽出些少比较能卖钱的东西，如画片或某将军、某总长写的对联、信札之类。二人合作，事业更有进步。向高有时也教她认几个字，但没有什么功效，因为他自己认得的也不算多，解字就更难了。

他们同居这些年，生活状态，若不配说像鸳鸯，便说像一对小家雀罢。言归正传。春桃进屋里，向高已提着一桶水在她后面跟着走。他用快活的声调说："媳妇，快洗罢，我等饿了。今晚咱们吃点好的，烙葱花饼，赞成不赞成？若赞成，我就买葱酱去。"

"媳妇，媳妇，别这样叫，成不成？"春桃不耐烦地说。"你答应我一声，明儿到天桥给你买一顶好帽子去。你不说帽子该换了么？"向高再要求。"我不爱听。"他知道妇人有点不高兴了，便转口问："到底吃什么？说呀！""你爱吃什么，做什么给你吃。买去罢。"向高买了几根葱和一碗麻酱回来，放在明间的桌上。春桃擦过澡出来，手里拿着一张红帖子。"这又是那一位王爷的龙凤帖！这次可别再给小市那老李了。托人拿到北京饭店去，可以多卖些钱。""那是咱们的。要不然，你就成了我的媳妇啦？教了你一两年的字，连自己的姓名都认不得！""谁认得这么些字？别媳妇媳妇的，我不爱听。这是谁写的？""我填的。早晨巡警来查户口，说这两天加紧戒严，那家有多少人，都得照实报。老吴教我把咱们写成两口子，省得麻烦。巡警也说写同居人，一男一女，不妥当。我便把上次没卖掉的那分空帖子填上了。我填的是辛未年咱们办喜事。”

“什么？辛未年？辛未年我那儿认得你？你别捣乱啦。咱们没拜过天地，没喝过交杯酒，不算两口子。”春桃有点不愿意，可还和平地说出来。她换了一条蓝布裤。上身是白的，脸上虽没脂粉，却呈露着天然的秀丽。若她肯嫁的话，按媒人的行情，说是二十三四的小寡妇，最少还可以值得一百八十的。

她笑着把那礼帖搓成一长条，说：“别捣乱！什么龙凤帖？烙饼吃了罢。”她掀起炉盖把纸条放进火里，随即到桌边和面。向高说：“烧就烧罢，反正巡警已经记上咱们是两口子；若是官府查起来，我不会说龙凤帖在逃难时候丢掉的么？从今儿起，我可要叫你做媳妇了。老吴承认，巡警也承认，你不愿意，我也要叫。媳妇嗳！媳妇嗳！明天给你买帽子去，戒指我打不起。”

“你再这样叫，我可要恼了。”“看来，你还想着那李茂。”向高的神气没像方才那么高兴。他自己说着，也不一定要春桃听见，但她已听见了。“我想他？一夜夫妻，分散了四五年没信，可不是白想？”春桃这样说。她曾对向高说过她出阁那天的情形。花轿进了门，客人还没坐席，前头两个村子来人说，大队兵已经到了，四处拉人挖战壕，吓得大家都逃了，新夫妇也赶紧收拾东西，随着大众望西逃。同走了一天一宿。第二宿，前面连嚷几声“胡子来了，快躲罢”，那时大家只顾躲，谁也顾不了谁。到天亮时，不见了十几个人，连她丈夫李茂也在里头。她继续方才的话说：“我想他一定跟着胡子走了，也许早被人打死了。得啦，别提他啦。”她把饼烙好了，端到桌上。向高向沙锅里舀了一碗黄瓜汤，大家没言语，吃了一顿。吃完，照例在瓜棚底下坐坐谈谈。一点点的星光在瓜叶当中闪着。凉风把萤火送到棚上，像星掉下来一般。晚香玉也渐次散出香气来，压住四围的臭味。

“好香的晚香玉！”向高摘了一朵,插在春桃的髻上。“别糟蹋我的晚香玉。晚上戴花,又不是窑姐儿。”她取下来，闻了一闻,便放在杇梁上头。“怎么今儿回来晚啦？”向高问。“吓！今儿做了一批好买卖！我下午正要回家，经过后门，瞧见清道夫推着一大车烂纸，问他从哪儿推来的；他说是从神武门甩出来的废纸。我见里面红的、黄的一大堆，便问他卖不卖；他说，你要，少算一点装去罢。你瞧！”她指着窗下那大篓，“我花了一块钱，买那一大篓！赔不赔，可不晓得，明儿检一检得啦。”

“宫里出来的东西没个错。我就怕学堂和洋行出来的东西，分量又重，气味又坏，值钱不值，一点也没准。”“近年来，街上包东西都作兴用洋报纸。不晓得那里来的那么些看洋报纸的人。捡起来真是分量又重，又卖不出多少钱。”“念洋书的人越多，谁都想看看洋报，将来好混混洋事。”“他们混洋事，咱们捡洋字纸。”“往后恐怕什么都要带上个洋字，拉车要拉洋车，赶驴更赶洋驴，也许还有洋骆驼要来。”向高把春桃逗得笑起来了。“你先别说别人。若是给你有钱，你也想念洋书，娶个洋媳妇。”“老天爷知道，我绝不会发财。发财也不会娶洋婆子。若是我有钱，回乡下买几亩田，咱们两个种去。”春桃自从逃难以来，把丈夫丢了，听见乡下两字，总没有好感想。她说：“你还想回去？恐怕田还没买，连钱带人都没有了。没饭吃，我也不回去。”

"我说回我们锦县乡下。""这年头，一个乡下都是一样，不闹兵，便闹贼；不闹贼，便闹日本，谁敢回去？还是在这里捡捡烂纸罢。咱们现在只缺一个帮忙的人。若是多个人在家替你归置东西，你白天便可以出去摆地摊，省得货过别人手里，卖漏了。"

"我还得学三年徒弟才成，卖漏了，不怨别人，只怨自己不够眼光。这几个月来我可学了不少。邮票，那种值钱，那种不值，也差不多会瞧了。大人物的信札手笔，卖得出钱，卖不出钱，也有一点把握了。前几天在那堆字纸里检出一张康有为的字，你说今天我卖了多少？"他很高兴地伸出拇指和食指比仿着，"八毛钱！"

"说是呢！若是每天在烂纸堆里能检出八毛钱就算顶不错，还用回乡下种田去？那不是自找罪受么？"春桃愉悦的声音就像春深的莺啼一样。她接着说："今天这堆准保有好的给你检。听说明天还有好些，那人教我一早到后门等他。这两天宫里的东西都赶着装箱，往南方运，库里许多烂纸都不要。我瞧见东华门外也有许多，一口袋一口袋陆续地扔出来。明儿你也打听去。"说了许多话，不觉二更打过。她伸伸懒腰站起来说："今天累了，歇吧！"向高跟着她进屋里。窗户下横着土炕，够两三人睡的。在微细的灯光底下，隐约看见墙上一边贴着八仙打麻雀的谐画，一边是烟公司"还是他好"的广告画。春桃的模样，若脱去破帽子，不用说到瑞蚨祥或别的上海成衣店，只到天桥搜罗一身落伍的旗袍穿上，坐在任何草地，也与"还是他好"里那摩登女差不上下。因此，向高常对春桃说贴的是她的小照。

她上了炕，把衣服脱光了，顺手揪一张被单盖着，躺在一边。向高照例是给她按按背，捶捶腿。她每天的疲劳就是这样含着一点微笑，在小油灯的闪烁中，渐次得着苏息。在半睡的状态中，她喃喃地说："向哥，你也睡罢，别开夜工了，明天还要早起咧。"

妇人渐次发出一点微细的鼾声，向高便把灯灭了。一破晓，男女二人又像打食的老鸹，急飞出巢，各自办各的事情去。刚放过午炮，十刹海的锣鼓已闹得喧天。春桃从后门出来，背着纸篓，向西不压桥这边来。在那临时市场的路口，忽然听见路边有人叫她："春桃，春桃！"

她的小名，就是向高一年之中也罕得这样叫唤她一声。自离开乡下以后，四五年来没人这样叫过她。"春桃，春桃，你不认得我啦？"她不由得回头一瞧，只见路边坐着一个叫化子。那乞怜的声音从他满长了胡子的嘴发出来。他站不起来，因为他两条腿已经折了。身上穿的一件灰色的破军衣，白铁钮扣都生了锈，肩膀从肩章的破缝露出，不伦不类的军帽斜戴在头上，帽章早已不见了。



春桃望着他一声也不响。"春桃，我是李茂呀！"她进前两步，那人的眼泪已带着灰土透入蓬乱的胡子里。她心跳得慌，半晌说不出话来，至终说："茂哥，你在这里当叫化子啦？你两条腿怎么丢啦？""嗳，说来话长。你从多喒起在这里呢？你卖的是什么？""卖什么！我捡烂纸咧。……咱们回家再说罢。"她雇了一辆洋车，把李茂扶上去，把篓子也放在车上，自己在后面推着。一直来到德胜门墙根，车夫帮着她把李茂扶下来。进了胡同口，老吴敲着小铜碗，一面问：“刘大姑，今儿早回家，买卖好呀？”

“来了乡亲啦。”她应酬了一句。李茂像只小狗熊，两只手按在地上，帮助两条断腿爬着。她从口袋里拿出钥匙，开了门，引着男子进去。她把向高的衣服取一身出来，像向高每天所做的，到井边打了两桶水倒在小澡盆里教男人洗澡。洗过以后，又倒一盆水给他洗脸。然后扶他上炕坐，自己在明间也洗一回。

“春桃，你这屋里收拾得很干净，一个人住吗？”“还有一个伙计。”春桃不迟疑地回答他。“做起买卖来啦？”“不告诉你就是捡烂纸么？”“捡烂纸？一天捡得出多少钱？”“先别盘问我，你先说你的罢。”春桃把水泼掉，理着头发进屋里来，坐在李茂对面。李茂开始说他的故事：“春桃，唉，说不尽哟！我就说个大概罢。

“自从那晚上教胡子绑去以后，因为不见了你，我恨他们，夺了他们一杆枪，打死他们两个人，拼命地逃。逃到沈阳，正巧边防军招兵，我便应了招。在营里三年，老打听家里的消息，人来都说咱们村里都变成砖瓦地了。咱们的地契也不晓得现在落在谁手里。咱们逃出来时，偏忘了带着地契。因此这几年也没告假回乡下瞧瞧。在营里告假，怕连几块钱的饷也告丢了。

“我安分当兵，指望月月关饷，至于运到升官，本不敢盼。也是我命里合该有事：去年年头，那团长忽然下一道命令，说，若团里的兵能瞄枪连中九次靶，每月要关双饷，还升差事。一团人没有一个中过四枪；中，还是不进红心。我可连发连中，不但中了九次红心，连剩下那一颗子弹，我也放了。我要显本领，背着脸，弯着腰，脑袋向地，枪从裤裆放过去，不偏不歪，正中红心。当时我心里多么快活呢。那团长教把我带上去。我心里想着总要听几句褒奖的话。不料那畜生翻了脸，楞说我是胡子，要枪毙我！他说若不是胡子，枪法决不会那么准。我的排长、队长都替我求情，担保我不是坏人，好容易不枪毙我了，可是把我的正兵革掉，连副兵也不许我当。他说，当军官的难免不得罪弟兄们，若是上前线督战，队里有个像我瞄得那么准，从后面来一枪，虽然也算阵亡，可值不得死在仇人手里。大家没话说，只劝我离开军队，找别的营生去。

“我被革了不久，日本人便占了沈阳；听说那狗团长领着他的军队先投降去了。我听见这事，愤不过，想法子要去找那奴才。我加入义勇军，在海城附近打了几个月，一面打，一面退到关里。前个月在平谷东北边打，我去放哨，遇见敌人，伤了我两条腿。那时还能走，躲在一块大石底下，开枪打死他几个。我实在支持不住了，把枪扔掉，向田边的小道爬，等了一天、两天，还不见有红十字会或红 C 字会的人来。伤口越肿越厉害，走不动又没吃的喝的，只躺在一边等死。后来可巧有一辆大车经过，赶车的把我扶了上去，送我到一个军医的帐幕。他们又不瞧，只把我扛上汽车，往后方医院送。已经伤了三天，大夫解开一瞧，说都烂了，非用锯不可。在院里住了一个多月，好是好了，就丢了两条腿。我想在此地举目无亲，乡下又回不去；就说回去得了，没有腿怎能种田？求医院收容我，给我一点事情做，大夫说医院管治不管留，也不管找事。此地又没有残废兵留养院，迫着我不得不出来讨饭，今天刚是第三天。这两天我常想着，若是这样下去，我可受不了，非上吊不可。”

春桃注神听他说，眼眶不晓得什么时候都湿了。她还是静默着。李茂用手抹抹额上的汗，也歇了一会。“春桃，你这几年呢？这小小地方虽不如咱们乡下那么宽敞，看来你倒不十分苦。”“谁不受苦？苦也得想法子活。在阎罗殿前，难道就瞧不见笑脸？这几年来，我就是干这捡烂纸换取灯的生活，还有一个姓刘的同我合伙。我们两人，可以说不分彼此，勉强能度过日子。”

“你和那姓刘的同住在这屋里？”“是，我们同住在这炕上睡。”春桃一点也不迟疑，她好像早已有了成见。“那么，你已经嫁给他？”“不，同住就是。”“那么，你现在还算是我的媳妇？”“不，谁的媳妇，我都不是。”李茂的夫权意识被激动了。他可想不出什么话来说。两眼注视着地上，当然他不是为看什么，只为有点不敢望着他的媳妇。至终他沉吟了一句："这样，人家会笑话我是个活王八。”

“王八？”妇人听了他的话，有点翻脸，但她的态度仍是很和平。她接着说："有钱有势的人才怕当王八。像你，谁认得？活不留名，死不留姓，王八不王八，有什么相干？现在，我是我自己，我做的事，决不会玷着你。”

“咱们到底还是两口子，常言道，一夜夫妻百日恩——”“百日恩不百日恩我不知道。”春桃截住他的话，“算百日恩，也过了好十几个百日恩。四五年间，彼此不知下落；我想你也想不到会在这里遇见我。我一个人在这里，得活，得人帮忙。我们同住了这些年，要说恩爱，自然是对你薄得多。今天我领你回来，是因为我爹同你爹的交情，我们还是乡亲。你若认我做媳妇，我不认你，打起官司，也未必是你赢。”

李茂掏掏他的裤带，好像要拿什么东西出来，但他的手忽然停住，眼睛望望春桃，至终把手缩回去撑着席子。李茂没话，春桃哭。日影在这当中也静静地移了三四分。“好罢，春桃，你做主。你瞧我已经残废了，就使你愿意跟我，我也养不活你。”李茂到底说出这英明的话。“我不能因为你残废就不要你，不过我也舍不得丢了他。大家住着，谁也别想谁是养活着谁，好不好？”春桃也说了她心里的话。李茂的肚子发出很微细的咕噜咕噜声音。“噢，说了大半天，我还没问你要吃什么！你一定很饿了。”“随便罢，有什么吃什么。我昨天晚上到现在还没吃，只喝水。”“我买去。”春桃正踏出房门，向高从院外很高兴地走进来，两人在瓜棚底下撞了个满怀。“高兴什么？今天怎样这早就回来？”“今天做了一批好买卖！昨天你背回的那一篓，早晨我打开一看，里头有一包是明朝高丽王上的表章，一分至少可卖五十块钱。现在我们手里有十分！方才散了几分给行里，看看主儿出得多少，再发这几分。里头还有两张盖上端明殿御宝的纸，行家说是宋家的，一给价就是六十块，我没敢卖，怕卖漏了，先带回来给你开开眼。你瞧……”他说时，一面把手里的旧蓝布包袱打开，拿出表章和旧纸来。“这是端明殿御宝。”他指着纸上的印纹。

“若没有这个印，我真看不出有什么好处，洋宣比它还白咧。

怎么官里管事的老爷们也和我一样不懂眼？”春桃虽然看了，却不晓得那纸的值钱处在那里。

“懂眼？若是他们懂眼，咱们还能换一块儿毛么？”向高把纸接过去，仍旧和表章包在包袱里。他笑着对春桃说：“我说，媳妇……”

春桃看了他一眼，说：“告诉你别管我叫媳妇。”向高没理会她，直说：“可巧你也早回家。买卖想是不错。”“早晨又买了像昨天那样的一篓。”“你不说还有许多么？”“都教他们送到晓市卖到乡下包落花生去了！”“不要紧，反正咱们今天开了光，头一次做上三十块钱的买卖。我说，咱们难得下午都在家，回头咱们上十刹海逛逛，消消暑去，好不好？”

他进屋里，把包袱放在桌上。春桃也跟进来。她说：“不成，今天来了人了。”说着掀开帘子，点头招向高，“你进去。”向高进去，她也跟着。“这是我原先的男人。”她对向高说过这话，又把他介绍给李茂说，“这是我现在的伙计。”两个男子，四只眼睛对着，若是他们眼球的距离相等，他们的视线就会平行地接连着。彼此都没话，连窗台上歇的两只苍蝇也不做声。这样又教日影静静地移一二分。

“贵姓？”向高明知道，还得照例地问。彼此谈开了。“我去买一点吃的。”春桃又向着向高说，“我想你也还没吃罢？烧饼成不成？”“我吃过了。你在家，我买去罢。”妇人把向高拖到炕上坐下，说：“你在家陪客人谈话。”给了他一副笑脸，便自出去。

屋里现在剩下两个男人，在这样情况底下，若不能一见如故，便得打个你死我活。好在他们是前者的情形。但我们别想李茂是短了两条腿，不能打。我们得记住向高是拿过三五年笔杆的，用李茂的分量满可以把他压死。若是他有枪，更省事，一动指头，向高便得过奈何桥。

李茂告诉向高，春桃的父亲是个乡下财主，有一顷田。他自己的父亲就在他家做活和赶叫驴。因为他能瞄很准的枪，她父亲怕他当兵去，便把女儿许给他，为的是要他保护庄里的人们。这些话，是春桃没向他说过的。他又把方才对春桃说的话再述一遍，渐次迫到他们二人切身的问题上头。

“你们夫妇团圆，我当然得走开。”向高在不愿意的情态底下说出这话。“不，我已经离开她很久，现在并且残废了，养不活她，也是白搭。你们同住这些年，何必拆？我可以到残废院去。听说这里有，有人情便可进去。”

这给向高很大的诧异。他想，李茂虽然是个大兵，却料不到他有这样的侠气。他心里虽然愿意，嘴上还不得不让。这是礼仪的狡猾，念过书的人们都懂得。

“那可没有这样的道理。”向高说，“教我冒一个霸占人家妻子的罪名，我可不愿意。为你想，你也不愿意你妻子跟别人住。”“我写一张休书给她，或写一张契给你，两样都成。”李茂微笑诚意地说。“休？她没什么错，休不

得。我不愿意丢她的脸。卖？我哪儿有钱买？我的钱都是她的。”“我不要钱。”“那么，你要什么？”“我什么都不要。”“那又何必写卖契呢？”“因为口讲无凭，日后反悔，倒不好了。咱们先小人，后君子。”说到这里，春桃买了烧饼回来。她见二人谈得很投机，心下十分快乐。“近来我常想着得多找一个人来帮忙，可巧茂哥来了。他不能走动，正好在家管管事，检检纸。你当跑外卖货。我还是当捡货的。咱们三人开公司。”春桃另有主意。

李茂让也不让，拿着烧饼望嘴送，像从饿鬼世界出来的一样，他没工夫说话了。“两个男人，一个女人，开公司？本钱是你的？”向高发出不需要的疑问。“你不愿意吗？”妇人问。“不，不，不，我没有什么意思。”向高心里有话，可说不出来。“我能做什么？整天坐在家里，干得了什么事？”李茂也有点不敢赞成。他理会向高的意思。“你们都不用着急，我有主意。”向高听了，伸出舌头舐舐嘴唇，还吞了一口唾沫。李茂依然吃着，他的眼睛可在望春桃，等着听她的主意。 捡烂纸大概是女性中心的一种事业。她心中已经派定李茂在家把旧邮票和纸烟盒里的画片检出来。那事情，只要有手有眼，便可以做。她合一合，若是天天有一百几十张卷烟画片可以从烂纸堆里检出来，李茂每月的伙食便有了门。邮票好的和罕见的，每天能检得两三个，也就不劣。外国烟卷在这城里，一天总销售一万包左右，纸包的百分之一给她捡回来，并不算难。至于向高还是让他检名人书札，或比较可以多卖钱的东西。他不用说已经是个行家，不必再受指导。她自己干那吃力的工作，除去下大雨以外，在狂风烈日底下，是一样地出去捡货。尤其是在天气不好的时候，她更要工作，因为同业们有些就不出去。

她从窗户望望太阳，知道还没到两点，便出到明间，把破草帽仍旧戴上，探头进房里对向高说：“我还得去打听宫里还有东西出来没有。你在家招呼他。晚上回来，我们再商量。”

向高留她不住，便由她走了。好几天的光阴都在静默中度过。但二男一女同睡一铺炕上定然不很顺心。多夫制的社会到底不能够流行得很广。其中的一个缘故是一般人还不能摆脱原始的夫权和父权思想。

由这个，造成了风俗习惯和道德观念。老实说，在社会里，依赖人和掠夺人的，才会遵守所谓风俗习惯；至于依自己的能力而生活的人们，心目中并不很看重这些。像春桃，她既不是夫人，也不是小姐；她不会到外交大楼去赴跳舞会，也没有机会在隆重的典礼上当主角。她的行为，没人批评，也没人过问；纵然有，也没有切肤之痛。监督她的只有巡警，但巡警是很容易对付的。两个男人呢，向高诚然念过一点书，含糊地了解些圣人的道理，除掉些少名分的观念以外，他也和春桃一样。但他的生活，从同居以后，完全靠着春桃。春桃的话，是从他耳朵进去的维他命，他得听，因为于他有利。春桃教他不要嫉妒，他连嫉妒的种子也都毁掉。李茂呢，春桃和向高能容他住一天便住一天，他们若肯认他做亲戚，他便满足了。当兵的人照例要丢一两个妻子。但他的困难也是名分上的。

向高的嫉妒虽然没有，可是在此以外的种种不安，常往来于这两个男子当中。暑气仍没减少，春桃和向高不是到汤山或北戴河去的人物。他们日间仍然得出去谋生活。李茂在家，对于这行事业可算刚上了道，他已能分别哪一种是要送到万柳堂或天宁寺去做糙纸的，哪一样要留起来的，还得等向高回来鉴定。

春桃回家，照例还是向高侍候她。那时已经很晚了，她在明间里闻见蚊烟的气味，便向着坐在瓜棚底下的向高说："咱们多会点过蚊烟，不留神，不把房子点着了才怪咧。"向高还没回答，李茂便说："那不是熏蚊子，是熏秽气，我央刘大哥点的。我打算在外面地下睡。屋里太热，三人睡，实在不舒服。"

"我说，桌上这张红帖子又是谁的？"春桃拿起来看。"我们今天说好了，你归刘大哥。那是我立给他的契。”声从屋里的炕上发出来。“哦，你们商量着怎样处置我来！可是我不能由你们派。”她把红帖子拿进屋里，问李茂，“这是你的主意，还是他的？”“是我们俩的主意。要不然，我难过，他也难过。”“说来说去，还是那话。你们都别想着咱们是丈夫和媳妇，成不成？”她把红帖子撕得粉碎，气有点粗。“你把我卖多少钱？”“写几十块钱做个彩头。白送媳妇给人，没出息。”“卖媳妇，就有出息？”她出来对向高说，“你现在有钱，可以买媳妇了。若是给你阔一点……”“别这样说，别这样说。”向高拦住她的话，“春桃，你不明白。这两天，同行的人们直笑话我。……”“笑你什么？”“笑我……”向高又说不出来。其实他没有很大的成见，春桃要怎办，十回有九回是遵从的。他自己也不明白这是什么力量。在她背后，他想着这样该做，那样得照他的意思办；可是一见了她，就像见了西太后似的，样样都要听她的懿旨。

“噢，你到底是念过两天书，怕人骂，怕人笑话。”自古以来，真正统治民众的并不是圣人的教训，好像只是打人的鞭子和骂人的舌头。风俗习惯是靠着打骂维持的。但在春桃心里，像已持着“人打还打，人骂还骂”的态度。她不是个弱

者，不打骂人，也不受人打骂。我们听她教训向高的话，便可以知道。

“若是人笑话你，你不会揍他？你露什么怯？咱们的事，谁也管不了。”向高没话。“以后不要再提这事罢。咱们三人就这样活下去，不好吗？”一屋里都静了。吃过晚饭，向高和春桃仍是坐在瓜棚底下，只不像往日那么爱说话。连买卖经也不念了。李茂叫春桃到屋里，劝她归给向高。他说男人的心，她不知道，谁也不愿意当王八；占人妻子，也不是好名誉。他从腰间拿出一张已经变成暗褐色的红纸帖，交给春桃，说：

“这是咱们的龙凤帖。那晚上逃出来的时候，我从神龛上取下来，揣在怀里。现在你可以拿去，就算咱们不是两口子。”春桃接过那红帖子，一言不发，只注视着炕上破席。她不由自主地坐下，挨近那残废的人，说：“茂哥，我不能要这个，你收回去罢。我还是你的媳妇。一夜夫妻百日恩，我不做缺德的事。今天看你走不动，不能干大活，我就不要你，我还能算人吗？”

她把红帖也放在炕上。李茂听了她的话，心里很受感动。他低声对春桃说：“我瞧你怪喜欢他的，你还是跟他过日子好。等有点钱，可以打发我回乡下，或送我到残废院去。”

“不瞒你说，”春桃的声音低下去，“这几年我和他就同两口子一样活着，样样顺心，事事如意；要他走，也怪舍不得。不如叫他进来商量，瞧他有什么主意。”她向着窗户叫，“向哥，向哥！”可是一点回音也没有。出来一瞧，向哥已不在了。这是他第一次晚间出门。她愣一会，便向屋里说：“我找他去。”她料想向高不会到别的地方去。到胡同口，问问老吴。老吴说望大街那边去了。她到他常交易的地方去，都没找着。人很容易丢失，眼睛若见不到，就是渺渺茫茫无寻觅处。快到一点钟，她才懊丧地回家。

屋里的油灯已经灭了。“你睡着啦？向哥回来没有？”她进屋里，掏出洋火，把灯点着，向炕上一望，只见李茂把自己挂在窗棂上，用的是他自己的裤带。她心里虽免不了存着女性的恐慌，但是还有胆量紧爬上去，把他解下来。幸而时间不久，用不着惊动别人，轻轻地抚揉着他，他渐次苏醒回来。

杀自己的身来成就别人是侠士的精神。若是李茂的两条腿还存在，他也不必出这样的手段。两三天以来，他总觉得自己没多少希望，倒不如毁灭自己，教春桃好好地活着。春桃于他虽没有爱，却很有义。她用许多话安慰他，一直到天亮。他睡着了，春桃下炕，见地上一些纸灰，还剩下没烧完的红纸。她认得是李茂曾给她的那张龙凤帖，直望着出神。

那天她没出门。晚上还陪李茂坐在炕上。“你哭什么？”春桃见李茂热泪滚滚地滴下来，便这样问他。“我对不起你。我来干什么？”“没人怨你来。”“现在他走了，我又短了两条腿。……”“你别这样想。我想他会回来。”“我盼望他会回来。”又是一天过去了，春桃起来，到瓜棚摘了两条黄瓜做菜，草草地烙了一张大饼，端到屋里，两个人同吃。她仍旧把破帽戴着，背上篓子。“你今天不大高兴，别出去啦！”李茂隔着窗户对她说。“坐在家里更闷得慌。”她慢慢地踱出门。作活是她的天性，虽在沉闷的心境中，她也要干。中国女人好像只理会生活，而不理会爱情，生活的发展是她所注意的，爱情的发展只在盲闷的心境中沸动而已。自然，爱只是感觉，而生活是实质的，整天躺在锦帐里或坐在幽林中讲爱经，也是从皇后船或总统船运来的知识。春桃既不是弄潮儿的姊妹，也不是碧眼胡的学生，她不懂得，只会莫名其妙地纳闷。

一条胡同过了又是一条胡同。无量的尘土，无尽的道路，涌着这沉闷的妇人。她有时嚷“烂纸换洋取灯儿”，有时连路边一堆不用换的旧报纸，她都不捡。有时该给人两盒取灯，她却给了五盒。胡乱地过了一天，她便随着天上那班只会嚷嚷和抢吃的黑衣党慢慢地踱回家。仰头看见新贴上的户口照，写的户主是刘向高妻刘氏，使她心里更闷得厉害。

刚踏进院子，向高从屋里赶出来。她瞪着眼，只说：“你回来……”其余的话用眼泪连续下去。“我不能离开你，我的事情都是你成全的。我知道你要我帮忙。我不能无情无义。”其实他这两天在道上漫散地走，不晓得要往哪里去。走路的时候，直像脚上扣着一条很重的铁镣，那一面是扣在春桃手上一样。加以到处都遇见“还是他好”的广告，心情更受着不断的搅动，甚至饿了他也不知道。

“我已经同向哥说好了。他是户主，我是同居。”向高照旧帮她卸下篓子，一面替她抹掉脸上的眼泪。他说：“若是回到乡下，他是户主，我是同居。你是咱们的媳妇。”她没有做声，直进屋里，脱下衣帽，行她每日的洗礼。买卖经又开始在瓜棚底下念开了。他们商量把宫里那批字纸卖掉以后，向高便可以在市场里摆一个小摊，或者可以搬到一间大一点点的房子去住。

屋里，豆大的灯火，教从瓜棚飞进去的一只油葫芦扑灭了。李茂早已睡熟，因为银河已经低了。“咱们也睡罢。”妇人说。“你先躺去，一会我给你捶腿。”“不用啦，今天我没走多少路。明儿

早起，记得做那批买卖去，咱们有好几天不开张了。”“方才我忘了拿给你。今天回家，见你还没回来，我特意到天桥去给你带一顶八成新的帽子回来。你瞧瞧！”他在暗里摸着那帽子，要递给她。

“现在哪里瞧得见！明天我戴上就是。”院子都静了，只剩下晚香玉的香还在空气中游荡。屋里微微地可以听见“媳妇”和“我不爱听，我不是你的媳妇”等对答。

（本文原载于 1934 年 7 月《文学》第 3 卷第 1 号）

# 东野先生

## 导读：

许地山关切人性的改造和精神的革新，其很多作品都在不同方面体现着他的这种人道主义关怀。《东野先生》中的东野梦鹿，以其无私、博爱、忠诚、善良的秉性，感化其留洋归来的妻子，使她断绝了与情人的来往。体现出了精神之爱至上的主题。文章中还出现了“暴民”，革命者被谋害后，那些“暴民”非但不觉悟、不愤怒，反而还做出对被杀的革命者剥衣暴尸的野蛮行径。许地山笔下的现实主义题材，总是这样既有情又无情。

# 一

那时已过了七点，屋里除窗边还有一点微光以外，红的绿的都藏了它们的颜色。延禧还在他的小桌边玩弄他自己日间在手工室做的不倒翁。不倒翁倒一次，他的笑颜开一次，全不理会夜母正将黑暗等着他。

这屋子是他一位教师和保护人东野梦鹿的书房。他有时叫他做先生，有时叫他做叔叔，但称叔叔的时候多。这大屋里的陈设非常简单，除十几架书以外，就是几张凳子和两张桌子，乍一看来，很像一间不讲究的旧书铺，梦鹿每天不到六点是不回来的。他在一个公立师范附属小学里当教员，还主持校中的事务。每日的事务他都要当天办完，决不教留过明天，所以每天他得比别的教员迟一点离校。

他不愿意住在学校里，纯是因为延禧的原故。他不愿意小学生在寄宿舍住，说孩子应当多得一点家庭生活，若住在寄宿舍里，管理上难保不近乎待遇人犯的方法。然而他的家庭也不像个完全的家庭。一个家庭若没有了女主人，还配称为家庭么？

他的妻子能于十年前到比国留学，早说要回来，总接不到动身的信。十几年来，家中的度支都是他一人经理，甚至晚饭也是他自己做。除星期以外，他每早晨总是到学校去，有时同延禧一起走，有时他走迟一点。家里没人时，总把大门关锁了，中饭就在学校里吃，三点半后延禧先回家。他办完事，在市上随便买些菜蔬回来，自己烹调，或是到外边馆子里去。但星期日，他每同孩子出城去，在野店里吃。他并不是因为雇不起人才过这样的生活，是因他的怪思想，老想着他是替别人经理钱财，不好随便用。他的思想和言语，有时非常迂腐，性情又很固执，朋友们都怕和他辩论，但他从不苟且，为学做事都很认真，所以朋友们都很喜欢他。

天色越黑了，孩子到看得不分明的时候，才觉得今日叔叔误了时候回来。他很着急，因为他饿了。他叔叔从来没曾过了六点半才回来，在六点一刻，门环定要响的。孩子把灯点着，放在桌上，抽出抽屉，看看有什么东西吃没有。梦鹿的桌子有四个抽屉，其中一个搁钱，一个藏饼干。这日抽屉里赶巧剩下些饼屑，孩子到这时候也不管得许多，掏着就望口里填塞。他一面咀嚼着，一面数着地上的瓶子。

在西墙边书架前的地上排列着二十几个牛奶瓶子。他们两个人每天喝一瓶牛奶。梦鹿有许多怪癖，牛奶连瓶子买，是其中之一。离学校不远有一所牛奶房，他每清早自己要到那里，买他亲眼看着工人榨出来的奶。奶房允许给他送来，老是被他拒绝了。不但如此，他用过的瓶子，也不许奶房再收回去，所以每次他得多花几分瓶子钱。瓶子用完，就一个一个排在屋里的墙下，也不叫收买烂铜铁锡的人收去。屋里除椅桌以外，几乎都是瓶子，书房里所有的书架都是用瓶子叠起来的，每一格用九个瓶子作三行支柱，架上一块板；再用九个瓶子作支柱，再加上一块板；一连叠五六层，约有四尺多高。桌上的笔筒，花插，水壶，墨洗，没有一样不是奶瓶子！

那排在地上的都是新近用过的。到排不开的时候，他才教孩子搬出外头扔了。

孩子正在数瓶子的时候，门环响了。他知道是梦鹿回来，喜欢到了不得，赶紧要出去开门，不提防踢碎了好几个瓶子。

门开时，头一声是“你一定很饿了。”

孩子也很诚实，一直回答他：“是，饿了，饿到了不得。我刚在抽屉里抓了一把饼屑吃了。”

“我知道你当然要饿的，我回来迟了一点钟了，我应当早一点回来。”他手中提着一包一包的东西，一手提着书包，走进来，把东西先放在桌上。他看见地上的碎玻璃片，便对孩子说：“这些瓶子又该清理了，明天有工夫就把它们扔出去罢，你婶婶在这下午来电，说她后天可以到香港，我在学校里等着香港船公司的回电，所以回来迟了。”

孩子虽没有会过他的婶婶，但看见叔叔这么喜欢，说她快要回来，也就很高兴。他说：“是么？我们不用自己做饭了！”

“不要太高兴，你婶婶和别人两样，她一向就不曾到过厨房去。但这次回来，也许能做很好的饭。她会做衣服，几

年来，你的衣服都是裁缝做的，此后就不必再找他们了。她是很好的，我想你一定很喜欢她。”

他脱了外衣，把东西拿到厨房去，孩子帮着他，用半点钟工夫，就把晚餐预备好了。他把饭端到书房来，孩子已把一张旧报纸铺在小桌上，旧报纸是他们的桌巾，他们每天都要用的。梦鹿的书桌上也覆着很厚的报纸，他不擦桌子，桌子脏了，只用报纸糊上，一层层地糊，到他觉得不舒服的时候，才把桌子扛到院子里，用水洗括干净，重新糊过，这和买瓶奶子的行为，正相矛盾，但他就是这样做。他的餐桌可不用糊，食完，把剩下的包好，送到垃圾桶去。

桌上还有两个纸包，一包是水果，一包是饼干。他教孩子把饼干放在抽屉里，留做明天的早饭。坐定后，他给孩子倒了一杯水，自己也倒了一杯放在面前。孩子坐在一边吃，一面对叔叔说："我盼望婶婶一回来，就可以煮好东西给我们吃。"

"很想偷懒的孩子！做饭不一定是女人的事，我方才不说过你婶婶没下过厨房吗？你敢是嫌我做得不好？难道我做的还比学堂的坏么？一样的米，还能煮出两样的饭么？"

"你说不是两样，怎样又有干饭，又有稀饭？怎样我们在家煮的有时是烂浆饭，有时是半生不熟的饭？这不都是两样么？我们煮的有时实在没有学堂的好吃，有时候我想着街上卖的馄饨面，比什么都好吃。"

他笑了。放下筷子，指着孩子说："正好，你喜欢学堂的饭。

明后天的晚饭你可以在学堂里吃，我已经为你吩咐妥了。我明天下午要到香港去接你婶婶，晚间教人来陪你。我最快得三天才能回来，你自然要照常上课。我告诉你，街上卖的馄饨，以后可不要随便买来吃。”

孩子听见最后这句话，觉得说得有原故，便问：“怎么啦？我们不是常买馄饨面么？以后不买，是不是因为面粉是外国来的？”

梦鹿说：“倒不是这个原故。我发现了他们用什么材料来做馄饨馅了。我不信个个都是如此，不过给我看见了一个，别人的我也不敢吃了。我早晨到学校去，为抄近道，便经过一条小巷，那巷里住的多半是小本商贩。我有意无意地东张西望，恰巧看见一挑馄饨担子放在街门口，屋里那人正在宰割着两只肥嫩老鼠。我心里想，这无疑是用来冒充猪肉做馄饨馅的。我于是盘问那人，那人脸上立时一阵一阵红，很生气地说：‘你是巡警还是市长呢？我宰我的，我吃我的，你管得了这些闲事？’我说，你若是用来冒充猪肉，那就是不对。我能够报告卫生局，立刻教巡警来罚你。你只顾谋利，不怕别人万一会吃出病来。”

“那人看我真像要去叫巡警的神气，便改过脸来，用好话求我饶他这次。他说他不是常常干这个，因为前个月妻子死了，欠下许多债，目前没钱去称肉，没法子。我看他说得很诚实，不像撒谎的样子，便进去看看他屋里，果然一点富裕的东西都没有。桌上放着一座新木主，好像证明了他的话是可靠的。我于是从袋里掏出一张十元票子递给他做本钱，教他把老鼠扔掉。他允许以

后绝不再干那事，我就离开他了。”

孩子说：“这倒新鲜！他以后还宰不宰，我们哪里知道呢！”

梦鹿说：“所以教你以后不要随便买街上的东西吃。”

他们吃了一会，梦鹿又问孩子说：“今天汪先生教你们什么来？”

“不倒翁。”

“他又给了你们什么‘教训’没有？”





“有的，问不倒翁为什么不倒？有人说，‘因为它没有两条腿。’先生笑说，‘不对’。阿鉴说，‘因为它底下重，上头轻。’先生说，‘有一部分对了，重还要圆才成。国家也是一样，要在下的分子沉重，团结而圆活，那在上头的只要装装样子就成了。你们给它打鬼脸，或给它打加官脸都成。’”

“你做好了么？”

“做好了，还没上色，因为阿鉴允许给我上。”孩子把碗箸放下，要立刻去取来给他看。他止住说：“吃完再拿吧，吃饭时候不要做别的事。”

饭吃完了，他把最后那包水果解开，拿出两个蜜柑来，一个递给孩子，一个自己留着。孩子一接过去便剥，他却把果子留在手上把玩。他说：“很好看的蜜柑！我从来没见过那么好的！”

“我知道你又要把它藏起来了！前两个星期的苹果，现在还放在卧房里咧，我看它的颜色越来越坏了。”孩子说。

“对呀，我还有一颗苹果咧。”他把蜜柑放在桌上，进房里去取苹果。他拿出来对孩子说：“吃不得啦，扔了罢。”

“你的蜜柑不吃，过几天也要‘金玉其外，败絮其中’了。”

“噢！好孩子，几时学会引经据典！又是阿鉴教你的罢？”

孩子用指在颊上乱括，瘪着嘴回答说：“不要脸，谁待她教！这不是国文教科书里的一课么？说来还是你教的呢。”

“对的，但是果子也有两样，一样当做观赏用的，一样才是食用的？好看的果子应当观赏，不吃它也罢了。”

孩子说：“你不说过还有一样药用的么？”

他笑着看了孩子一眼，把蜜柑放在桌上，问孩子日间的功课有不懂的没有。孩子却拿着做好的不倒翁来，说：“明天一上色，就完全了。”

梦鹿把小玩具拿在手里，称赞了一会，又给他说些别的。闲谈以后，孩子自去睡了。

一夜过去了，梦鹿一早起来，取出些饼干，又叫孩子出去买些油炸烩。

孩子说："油炸烩也是街上卖的东西，不是说不要再买么？"

"油炸的面食不要紧。"

"也许还是用老鼠油炸的呢！"孩子带着笑容出门去了。

他们吃完早点，便一同到学校去。

# 二

一天的工夫，他也不着急，把事情办完，才回来取了行箧，出城搭船去，船于中夜到了香港，他在码头附近随便找一所客栈住下，又打听明天入口的船。一早他就起来，在栈里还是一样地做他日常的功课。他知道妻子所搭的船快要入港了，拿一把伞，就踱到码头，随着一大帮接船的人下了小汽船。

他在小船上，很远就看见他的妻子，嚷了几声，她总听不见，只顾和旁边一个男人说话。上了大船，妻子还和那人对谈着，他不由得叫了一声："能妹，我来接你哪！"妻子才转过脸来，从上望下端详地看，看他穿一身青布衣服，脚上穿了一双羽绫学士鞋，简直是个乡下人站在她面前。她笑着，进前两步，搂着丈夫的脖子，把面伏在他的肩上。她是要丈夫给她一个久别重逢的亲嘴礼，但他的脸被羞耻染得通红，在妻子的耳边低声说："尊重一点，在人丛中搂搂抱抱，怪不好看的。"妻子也不觉得不好意思，把胳臂松了，对他说："我只顾谈话，万想不到你会来得这样早。"她看着身边那位男子对丈夫说："我应先介绍这位朋友给你。这位是我的同学卓斐，卓先生。"她又用法语对那人说："这就是我的丈夫东野梦鹿。"

那人伸出手来，梦鹿却对他鞠了一躬。他用法语回答她："你若不说，我几乎失敬了。”

“出去十几年居然说得满口西洋话了！我是最笨的，到东洋五六年，东洋话总也没说好。”

“那是你少用的原故。你为我预定客栈了么？卓先生已经为我预定了皇家酒店，因为我想不到你竟会出来接我。”

“我没给你预定宿处，昨晚我住在泰安栈三楼，你如愿意，……”

“那么，你也搬到皇家酒店去罢，中国客栈我住不惯。在船上好几十天，我想今晚在香港歇歇，明天才进省城去。”

丈夫静默了一会说：“也好，我定然知道你在外国的日子多了，非皇家酒店住不了。”

妻子说：“还有卓先生也是同到省城去的，他也住皇家酒店。”

妻子和卓斐先到了酒店，梦鹿留在码头办理一切的手续。他把事情办完，才到酒店来，问柜上说：“方才上船的那位姓卓的客人和一位太太在那间房住？”伙计以为他是卓先生的仆人，便告诉他卓先生和卓太太在四楼。又说本酒店没有仆人住的房间，教他到中国客栈找地方住去。梦鹿说：“不要紧，请你先领我上楼去。那位是我的太太，不是卓太太。”伙计们上下打量了他几次，愣了一回。他们心里说：穿一件破蓝布大褂，来住这样的酒店，没见过！

楼上一对远客正对坐着，一个含着烟，一个弄着茶碗，各自无言。梦鹿一进来，便对妻子说：“他们当我做佣人，几乎不教我上来！”

妻子说："城市的人都是这般眼浅，谁教你不穿得光鲜一点？也不是置不起。"卓先生也忙应酬着说："请坐，用一碗茶罢，你一定累了。"他随即站起来，说："我也得到我房间去检点一下，回头再来看你们。"一面说，一面开门出去了。

他坐下，只管喝茶，妻子的心神倒像被什么事情牵挂住似的，她的愁容被丈夫理会了。

"你整天嘿嘿地，有什么不高兴的地方？莫不是方才我在船上得罪了你么？"

妻子一时倒想不出话来敷衍丈夫，她本不是纳闷方才丈夫不拥抱她的事,因为这时她什么都忘了。她的心事虽不能告诉丈夫，但是一问起来，她总得回答。她说："不，我心里喜欢极了，倒没的可说，我非常喜欢你来接我。"

"喜欢么？那我更喜欢了。为你，使我告了这三天的假，这是自我当教员以来第一次告假，第一次为自己耽误学生的功课。"

"很抱歉，又很感激你为我告的第一次假。"

"你说的话简直像外国人说中国话的气味。不要紧的，我已经请一位同事去替我了，我把什么事情都安排好了才出来的，即如延禧的晚膳，我也没有忽略了。"

"哪一个延禧？"

"你忘了么？我不曾在信中向你说过我收养了一个孩子么？他就是延禧。"

追忆往事，妻子才想起延禧是十几年前梦鹿收养的一个孤儿。

在往来的函件中，他只向妻子提过一两次，怪不得她忘却了。他们的通信很少，梦鹿几乎是一年一封，信里也不说家常，只说他在学校的工作。

“是呀，我想起来了。你不是说他是什么人带来给你的么？你在信中总没有说得明白，我到现在还是不知道延禧到底是个什么样子，你是要当他做养子么？”

“不，我待遇他如侄儿一样，因为那送他来的人教我当他做侄儿。”

“什么意思，我不明白。”妻子注目看着他。

“你当然不明白。”停一会，他接着说：“就是我自己也不明白，到现在我还不明白他的来历咧。”

“那么，你从前是怎样收他的？”

“并没有什么原故。不过他父亲既把他交给我，教我以侄儿的名分待遇他，我只得照办罢了。我想这事的原委，我已写信告诉你了，你怎么健忘到这步田地？”

“也许是忘记了。”

“因为他父亲的功劳，我培养他，说来也很应当。你既然忘记，我当为你重说一遍，省得明天相见时惹起你的错愕。

“你记得辛亥年三月二十九日么？那时你还在不鲁舍路，记得么？在事前几天，我忘了是二十五或二十六晚上，有一个人来敲我的门。我见了他，开口就和我说东洋话。他问我：‘预备好了没有？’我当时不明白他的意思，只回问他我应当预备什么？他

像知道我是冈山的毕业生，对我说：‘我们一部分的人都已经来到了，怎么你还装呆？你是汉家子孙，能为同胞出力的地方，应当尽力地帮助。’我说，‘我以为若是事情来得太仓促，一定会失败的。’那人说，‘凡革命都是在仓促间成功的。如果有个全盘计划，那就是政治行为，不是革命行动了。’我说，‘我就不喜欢这种没计划的行动。’他很忿怒地说：‘你怕死么？’我随即回答说，我有时怕，有时不怕，一个好汉自然知道怎样‘舍生取义’，何必你来苦苦相劝？他没言语就走了。一会儿他又回来，说：‘你是义人，我信得你不把大事泄漏了。’我听了，有一点气，说：‘废话少说，好好办你的事去。若信不过我，可以立刻把我杀死。’

“二十八晚上，那人抱了一个婴孩来。他说那是他的儿子，要寄给我保养，当他做侄儿看待，等他的大事办完，才来领回去。我至终没有问他的姓名，就让他走了，我只认得他左边的耳壳是没有了的，二十九下午以后，过了三天，他的同志们被杀戮的，到现在都成黄花岗的烈士了。但他的尸首过

了好几天才从状元桥一家米店的楼上被找出来。那地方本来离我们的家不远，一听见，我就赶紧去看他，我认得他。他像是中伤后从屋顶爬下来躲在那里的。他那围着白毛巾的右手里还捏着一把手枪，可是子弹都没有了。我对着尸首说，壮士，我当为你看顾小侄儿。米店的人怕惹横祸，扬说是店里的伙伴，把他臂上的白毛巾除下，模模糊糊掩埋了。他虽不葬在黄花岗，但可算为第七十三个烈士。

“他的儿子是个很可造就的孩子。他到底姓什么，谁也不知道。我又不配将我的姓给他，所以他在学校里，人人只叫他做延禧。”

这下午,足谈了半天梦鹿所喜欢谈的事。他的妻子只是听着，并没提出什么材料来助谈。晚间卓先生邀他们俩同去玩台球。他在娱乐的事上本来就很缺乏知识和兴趣，他教志能同卓先生去，自己在屋里看他的书。

第二天船入珠江了。卓先生在船上与他们两人告辞便向西关去了。妻子和梦鹿下了船，同坐在一辆车里。梦鹿问她那位卓先生来广州干什么事？妻子只是含糊地回答。其实那卓先生也是负着一种革命的使命来的，他不愿意把他的秘密说出来。不一会，来到家里，孩子延禧在里头跳出来，现出很亲切的样子，梦鹿命他给婶婶鞠躬。妻子见了他，也很赞美他是个很好看的孩子。

妻子进屋里，第一件刺激她的，便是满地的瓶子。她问：“你做了什么买卖来么？哪里来的这些瓶子？”

“哈哈！在西洋十几年，连牛奶瓶子也不懂得？中国的牛奶瓶和外国的牛奶瓶岂是两样？”梦鹿笑了一回，接着说：“这些都是我们两人用过的旧瓶子，你不懂么？”

妻子心里自问：为什么喝牛奶连瓶子买回来？她看见满屋的“瓶子家具”，不免自己也失笑了，她暗笑丈夫过的穷生活。她仰头看四围的壁上满贴了大小不等的画。孩子说：“这些都是叔叔自己画的。”她看了，勉强对丈夫说：“很好的，你既然喜欢轮船、火车，我给你带一个摄影器回来，有工夫可以到处去照，省得画。”

丈夫还没回答，孩子便说：“这些画得不好么？他还用来赏学生们呢。我还得着他一张，是上月小考赏的。”他由抽屉拿出一张来，递给志能看。丈夫在旁边像很得意，得意他妻子没有嫌他画得不好，他说：“这些轮子不是很可爱很要紧的么？我想我们各人都短了几个轮子。若有了轮子，什么事情都好办了。”这也是他很常说的话。他在学校里，赏给学生一两张自己画的轮船和火车，就像一个王者颁赐勋章给他的臣僚一般地郑重。

这样简单的生活，妻子自然过不惯。她把丈夫和小孩搬到芳草街。那里离学校稍微远一点，可是不像从前那么逼仄了。芳草街的住宅本是志能的旧家，因为她母亲于前年去世，留下许多产业给他们两夫妇。梦鹿不好高贵的生活，所以没搬到岳母给她留下的房子去住。这次因为妻子的相强，也就依从了。其实他应当早就搬到这里来。这屋很大，梦鹿有时自己就在书房里睡，客厅的后房就是孩子住，楼上是志能和老妈子住。

梦鹿自从东洋回国以来，总没有穿过洋服，连皮鞋也要等下雨时节才穿的。有一次妻子鼓励他去做两身时式的洋服，他反大发起议论，说中华民国政府定什么“大礼服”、“小礼服”的不对。用外国的“燕尾服”为大礼服，简直是自己藐视自己，因为堂堂的古国，连章身的衣服也要跟随别人，岂不太笑话了！不但如此，一切礼节都要跟随别人，见面拉手，兵舰下水掷瓶子，用女孩子升旗之类，都是无意义地模仿人家的礼节。外人用武力来要土地，或经济侵略，只是物质的被征服；若自己去采用别人的衣冠和礼仪，便是自己在精神上屈服了人家，这还成一个民族吗？话说归根，当然中国人应当说中国话，吃中国饭，穿中国衣服。但妻子以为文明是没有国界的，在生活上有好的利便的事物，就得跟随人家。她反问他：“你为什么又跟着外国人学剪发？”他也就没话可回答了。他只说：“是故恶乎佞者！你以为穿外国衣服就是文明的表示么？”他好辩论，几乎每一谈就辩起来。他至终为要讨妻子的喜欢，便到洋服店去定了一身衣服，又买了一双黄皮鞋，一顶中摺毡帽。帽子既不入时，鞋子又小，衣服又穿得不舒服，倒不如他本来的蓝布大褂自由。

志能这位小姐实在不是一个主持中馈的能手，连轻可的茶汤也弄得浓淡不适宜。志能的娘家姓陈，原是广西人，在广州落户。她从小就与东野订婚，订婚后还当过他的学生。她母亲是个老寡妇，只有她一个独生女，家里的资财很富裕，恐怕没人承继，因为梦鹿的人品好，老太太早就有意将一切交付与他。梦鹿留学日本时，她便在一个法国天主教会的学堂念书。到他毕业回国，才举行婚礼，不久，她又到欧洲去。因为从小就被娇养惯，而且她又常在交际场上出头面，家里的事不得不雇人帮忙。

她正在等着丈夫回来吃午饭，所有的都排列在膳堂的桌上，自己呆呆地只看着时计，孩子也急得了不得。门环响时，孩子赶着出去开门，果然是他回来了。妻子也迎出来，见他的面色有点不高兴，知道他又受委曲了。她上下端详地观察丈夫的衣服、鞋、帽。

“你不高兴，是因你的鞋破了么？”妻子问。

“鞋破了么？不。那是我自己割开的。因为这双鞋把我的脚趾挟得很痛，所以我把鞋头的皮割开了。现在穿起来，很觉得舒服。”

“咦，大哥，你真是有一点疯气！鞋子太窄，可以送到鞋匠那里请他给你挣一下；再不然，也可以另买一双，现在弄得把袜子都露出来，像个什么样子？”

“好妻子，就是你一个人第一次说我是疯子。你怎么不会想鞋子岂是永远不破的？就是拿到鞋匠那里，难保他不给挣裂了。早晚是破，我又何必费许多工夫？我自己带着脚去配鞋子，还配错了，可怨谁来？所以无论如何，我得自己穿上。至于另买的话，那笔款项还没上我的预算哪。”其实他的预算也和别人的两样，因为他用自己的钱从没记在账本上。但他有一样好处，就是经理别人的或公共的款项，丝毫也不苟且。

孩子对于他的不乐另有一番想象。他发言道："我知道了，今天是教员会，莫不是叔叔又和黄先生辩论了？"

"我何尝为辩论而生气？"他回过脸去向着妻子，"我只不高兴校长忽然在教员会里，提起要给我加薪俸。我每月一百块钱本自够用了，他说我什么办事认真，什么教导有方，所以要给我长薪水。然而这两件事是我的本务，何必再加四十元钱来奖励我？你说这校长岂不是太看不起我么？"说着把他脚下的破而新的皮鞋脱下，换了一双布鞋，然后同妻子到饭厅去。

他坐下对妻子说："一个人所得的薪水，无论做的是什么事，应当量他的需要给才对。若是他得了他所需的，他就该尽其所能去做，不该再有什么奖励。用金钱奖励人是最下等的，想不到校长会用这方法来待遇我！"

妻子说："不受就罢了，值得生那无益的气。我们有的是钱，正不必靠着那些束修。此后一百块定是不够你用的，因为此地离学校远了，风雨时节总得费些车钱。我看你从前的生活，所得的除书籍伙食以外，别的一点也不整置，弄得衣、帽、鞋、袜，一塌糊涂，自然这些应当都是妻子管的。好罢，以后你的薪水可以尽量用，其余需要的，我可以为你预备。"

丈夫用很惊异的眼睛望着她，回答说："又来了，又来了！我说过一百块钱准够我和延禧的费用。既然辞掉学校给我加的，难道回头来领受你的'补助费'不成？连你也看不起我了！"他带着气瞧了妻子一眼，拿起饭碗来狠狠地扒饭，扒得筷与碗相触的声音非常响亮。

妻子失笑了，说："得啦，不要生气啦，我们不'共产'就是了。你常要发你的共产议论，自己却没有丝毫地实行过，连你我的财产也要弄得界限分明，你简直是个个人主义者。"

"我决不是个人主义者，因为我要人帮助，也想帮助别人，这世间若有真正的个人主义者是不成的。人怎能自满到不求于人，又怎能自傲到不容人求？但那是两样的。你知道若是一个丈夫用自己的钱以外还要依赖他的妻子，别人要怎样评论他？你每用什么'共产'、'无政府'来激我，是的，我信无政府主义，然而我不能在这时候与你共产或与一切的人共产。我是在预备的时候呢，现在人们的毛病，就是预备的工夫既然短少而又急于实行，那还成么？"他把碗放下，拿着一双筷子指东挥西，好像拿教鞭在讲坛上一样。因为他妻子自回来以后，常把欧战时的经济状况，大战后俄国的情形，和社会党共产党的情形告诉他，所以一提起，他又兴奋地继续他的演说："我请问你，一件事情要知道它的好处容易，还是想法子把它做好了容易？谁不知道最近的许多社会政治的理想的好处呢？然而，要实现它岂是暴动所能成事？要知道私产和官吏是因为制度上的错误而成的一种思想习惯，一般人既习非成是，最好的是能使他们因理启悟，去非归是。我们生在现时，应当做这样的工夫，为将来的人预备。……"

妻子要把他的怒气移转了，教他不要想加薪的事，故意截着话流，说："知就要行，还预备什么？"

"很好听！"他用筷子指着妻子说："为什么要预备？说来倒很平常。凡事不预备而行的，虽得暂时成功，终要归于失败。纵使你一个人在这世界内能实行你的主张，你的力量还是有限，终不能敌过以非为是的群众。所以你第一步的预备，便是号召同志，使人起信，是不是？"

"是很有理。"妻子这样回答。

丈夫这才把筷子收回来，很高兴地继续地说："你以为实行和预备是两样事么？现在的行，就是预备将来。好，我现在可以给你一个比喻。比如有所果园，只有你知道里头有一种果子，吃了于人有益。你若需要，当然可以进去受用，只因你的心很好，不愿自己享受，要劝大家一同去享受。可是那地方的人们因为风俗习惯迷信种种关系，不但不敢吃，并且不许人吃。因为他们以为人吃了那果子，便能使社会多灾多难，所以凡是吃那果子的人，都得受刑罚，在这情形之下，你要怎办？大家都不明白，你一进去，他们便不容你分说，重重地刑罚你，那时你还能不能享受里头的果子？同时他们会说，恐怕以后还有人进来偷果子，不如把这园门封锁了罢。这一封锁，所有的美果都在里头腐烂了。所以一个救护时世的人，在智慧方面当走在人们的前头；在行为方面，当为人们预备道路。这并不是知而不行，乃是等人人、至少要多数人都预备好，然后和他们同行。一幅完美的锦，并不是千纬一经所能成，也不能于一秒时间所能织就的。用这个就可以比方人间一切的造作，你要预备得有条有理，还要用相当的劳力，费相当的时间。你对于织造新社会的锦不要贪快，还不要生作者想，或生受用想。人间一切事物好像趋于一种公式，就是凡真作者在能创造使人民康乐的因，并不期望他能亲自受用他所成就的果，一个人倘要把他所知所信的强别人去知去信去行，这便是独裁独断，不是共和合作。……"

他越说越离题，把方才为加薪问题生气的事情完全消灭了。伶俐的妻子用别的话来阻止他再往下说。她拿起他的饭碗说："好哥哥,你只顾说话,饭已凉到吃不得了！待我给你换些热的来罢。"

孩子早已吃饱了，只是不敢离座。梦鹿所说的他不懂，也没注意。他忽然想起一件事来，对梦鹿说："方才黄先生来找你呢。"

"是么，有甚事？"

"不知道呢！他没说中国话，问问婶婶便知道。"

妻子端过一碗热饭来，随对孩子说："你吃完了，可以到院子去玩玩，等一会也许你叔叔要领你出城散步去。"孩子得了令，一溜烟地跑了。

"方才黄先生来过么？"

"是的，他要请你到党部去帮忙。我已经告诉他说，恐怕你没有工夫。我知道你不喜欢跟市党部的人往来，所以这样说。"妻子这样回答。

"我并不是不喜欢同他们来往，不过他们老说要做这事，要做那事，到头来一点也不办。我早告诉他们，我今生唯一的事情，便是当小学教员，别的事情，我就不能兼顾了。"

"我也是这样说，你现在已是过劳了，再加上几点钟的工夫，就恐怕受不了，他随即要求我去，我说等你回来，再和你商量，我去好不好？"

他点头说："那是你的事，有工夫去帮帮忙，也未尝不可。"

"那么，我就允许他了，下午你还和延禧出城去么？"

"不，今晚上还得到学校去。"

他吃完了，歇一会又到学校去了。

## 三

黄昏已到，站在楼头总不见灿烂的晚霞，只见凹凸而浓黑的云山映在玻璃窗上。志能正在楼上整理书报，程妈进来，报道："卓先生在客厅等候着。"她随着下来。卓先生本坐在一张矮椅上，一看门钮动时，赶紧抢前几步，与她拉手。

志能说："裴立，我告诉你好几次，我不能跟你，也不能再和你一同工作，以后别再来找我。"

"你时时都是这样说，只不过要想恐吓我罢了。我是钟鼓楼的家雀，这样的声音，已经听惯了。"

他们并肩坐在一张贵妃榻上。裴立问道："他呢？"

"到学校去了。"

"好，正好，今晚上我们可以出去欢乐一会。你知道我们在不久要来一个大暴动么？我们所做的事，说不定过两三天后还有没有性命，且不管它，快乐一会是一会。快穿衣服去，我们就走。”

“裴立，我已经告诉过你好几次了。我们从前为社会为个人的计划，我想都是很笨，很没理由，还是打消了罢。”

“呀，你又来哄我！”

“不，我并不哄你，我将尽我这生爱敬你，同时我要忏悔从前对于他一切的误解，以致做出许多对不起他和你的事。”她的眼睛一红，珠泪像要滴出来。

卓先生失惊道：“然则你把一切的事都告诉他了？”

“不，你想那事是一个妻子应当对她的丈夫说的么？如能避免掉，我永远不对他提及。”她哭起来了。她接着说：“把从前的事忘记了罢，我已定志不离开他。当然，我只理会他于生活上有许多怪癖，没理会他有很率真的性情，故觉得他很讨厌。现在我已明白了他，跟他过得好好地，舍不得与他分离了。”

在卓先生心里，这是出于人意料之外的事情。他想那么伶俐的志能，会爱上一个半疯的男子！她一会说他的性情好，一会说他的学问好，一会又说他的道德

好，时时把梦鹿赞得和圣人一样，他想其实圣人就是疯子。学问也不是一般人所需要的，只要几个书呆子学好了，人人都可以沾光。至于道德，他以为更没有什么准则，坏事情有时从好道德的人干出来。他又信人伦中所谓夫妇的道德更没凭据。一个丈夫，若不被他的妻子所爱，他若去同别的女人来往，在她眼中，他就是一个坏人，因此便觉得他所做的事都是坏事。男子对于女人也是如此,他沉默着,双眼盯在妇人脸上,又像要发出大议论的光景。

妇人说："请把从前一切的意思打消了罢，我们可以照常来往。我越来越觉得我们的理想不能融洽在一起。你的生活理想是为享乐，我的是为做人。做人便是牺牲自己的一切去为别人；若是自己能力薄弱，就用全力去帮助那能力坚强的人们。我觉得我应当帮助梦鹿，所以宁把爱你的情牺牲了。我现在才理会在世上还有比私爱更重要的事，便是同情。我现在若是离开梦鹿，他的生活一定要毁了，延禧也不能好好地受教育了。从前我所看的是自己，现在我已开了眼，见到别人了。"

"那可不成，我什么事情都为你预备好了。到这时候你才变卦！"他把头拧过一边，沉吟地说，"早知道是这样，你在巴黎时为什么引诱我，累我跟着你东跑西跑。"

妇人听见他说起引诱，立刻从记忆的明镜里映出他们从前同在巴黎一个客店里的事情。她在外国时，一向本没曾细细地分别过朋友和夫妇是两样的。也许是在她的环境中，这两样的界限不分明。自从她回国以后，尊敬梦鹿的情一天强似一天，使她对于从前的事情非常地惭愧。这并不是东方式旧社会的势力和遗传把她揪回来，乃是她的责任心与同情心渐次发展的缘故。他们两人在巴黎始初会面，大战时同避到英伦去，战后又在莫斯科同住好些时，可以说是对对儿飞来飞去的。她爱裴立，早就想与梦鹿脱离关系。在外国时，梦鹿虽不常写信，她的寡母却时时有信给她。每封信都把夫婿赞美得像圣人一般，为母亲的缘故，她对于另有爱人的事情一句也不提及。这次回家，她渐渐证实了她亡母的话，因敬爱而时时自觉昔日所为都是惭愧。她以羞恶心回答卓先生说："我的裴立，我对不起你。从前种种都是我的错误，可是请你不要说我引诱你，我很怕听这两个字。我还是与前一样地爱你，并且盼望你另找一位比我强的女子。像你这样的男子，还怕没人爱你么？何必定要……"

"你以为我是为要妻子而娶妻，像旧社会一样么？男人的爱也是不轻易给人的。现在我身心中一切的都付与你了。"

"噢，裴立，我很惭愧，我错受了你的爱了。千恨万恨只恨我对你不该如此。现在我和他又一天比一天融洽，心情无限，而人事有定，也是无可奈何的啊。总之，我对不起你。"志能越说越惹起他的妒嫉和怨恨，至终不能向他说个明白。

裴立说："你未免太自私了！你的话，使我怀疑从前种种都是为满足你自己而玩弄我的。你到底没曾当我做爱人看！请罢，我明白了。"

在她心里有两副脸，一副是梦鹿庄严的脸，一副是裴立可爱的脸。这两副脸的威力，一样地可以慑服她。裴立忿忿地抽起身来，要向外走。志能急揪着他说："裴立，我所爱的，不要误会了我，请你沉静坐下，我再解释给你听。"

"不用解释，我都明白了。我知道你的能干，咽下一口唾沫，就可以撒出一万八千个谎来。你的爱情就像你脸上的粉，敷得容易，洗得也容易。"他甩开妇人，径自去了。她的心绪像屋角里炊烟轻轻地消散，一点微音也没有。没办法，掏出手帕来，掩着脸暗哭了一阵。回到自己的房里，伏在镜台前还往下哭。

晚饭早又预备好了，梦鹿从学校里携回一包邮件，到他书房里，一件一件细细地拆阅看。延禧上楼去叫她，她才抬起头来，从镜里照出满脸的泪痕，眼珠红络还没消退。于是，她把手里那条湿手巾扔在衣柜里，从抽屉取出干净的来，又到镜台边用粉扑重新把脸来匀拭一遍，然后下来。

丈夫带着几卷没拆开的书报，进到饭厅，依着他的习惯，一面吃饭一面看。偶要对妻子说话，他看见她的眼都红了，问道："为什么眼睛那么红？"妻子敷衍他说："方才安排柜里的书，搬动时，不提防教一套书打在脸上，尘土入了眼睛，到现在还没复原呢。"说时，低着头，心里觉得非常惭愧。梦鹿听了，也不十分注意。他没说什么，低下头，又看他的邮件。

他转过脸向延禧说："今晚上青年会演的是'法国革命'，想你一定很喜欢去看一看。若和你婶婶同去，她就可以给你解释。"

孩子当然很喜欢。晚饭后，立刻要求志能与他同去。

梦鹿把一卷从日本来的邮件拆开，见是他的母校冈山师范的同学录，不由得先找找与他交情深厚的同学，翻到一篇，他忽然蹦起来，很喜欢地对着妻子说："可怪雁潭在五小当教员，我一点也不知道！呀，好些年没有消息了。"他用指头指着本子上所记雁潭的住址，说："他就住在豪贤街，明天到学堂，当要顺道去拜访他。"

雁潭是他在日本时一位最相得的同学。因为他是湖南人，故梦鹿绝想不到他会来广州当小学教员。志能间尝听他提过好几次，所以这事使他喜欢到什么程度，她已理会出来。

孩子吃完饭，急急预备到电影院去。她晚上因日间的事，很怕梦鹿看出来，所以也乐得出去避一下。她装饰好下来，到丈夫身边，拍着他的肩膀说："到时候自己睡去，不要等我们了。你今晚上在书房睡罢，恐怕我们回来晚了搅醒你。你明天不是要一早出门么？"

梦鹿在书房一夜没曾闭着眼，心里老惦念着一早要先去找雁潭，好容易天亮了。他爬起来，照例盥漱一番，提起书包也没同妻子告辞，便出门去了。

路上的人还不很多，除掉卖油炸脍的便是出殡的。他拐了几个弯，再走过几条街，便是雁潭的住处。他依着所记的门牌找，才知道那一家早已搬了。他很惆怅地在街上徘徊着，但也没有办法，看看表已到上课的时候，赶紧坐一辆车到学校去。

早晨天气还好，不料一过晌午，来去无常的夏雨越下越大。梦鹿把应办的事情都赶着办完，一心只赶着再去打听雁潭的住址。他看见那与延禧同级的女生丁鉴手里拿着一把黑油纸伞，便向她借，说："把你的雨伞借给我用一用，若是我赶不及回来，你可以同延禧共坐一辆车回家，明天我带回来还你。"他掏出几毛钱交给她，说："这是你和延禧的车钱。"女孩子把伞递给他，把钱接过来，说声"是"，便到休息室去了。梦鹿打着伞，在雨中一步一步慢移。一会，他走远了，只见大黑伞把他盖得严严地，直像一朵大香蕈在移动着。

他走到豪贤街附近的派出所，为要探听雁潭搬到哪里，只因时日相隔很久，一下子不容易查出来。无可奈何，只得沿着早晨所走的道回家。

一进门，黄先生已经在客厅等着他。黄先生说："东野先生，想不到我来找你罢。"

他说："实在想不到。你一定是又来劝我接受校长的好意，加我的薪水吧。"

黄先生说："不，不。我来不为学校的事，有一个朋友要我来找你到党部去帮忙，不是专工的，一星期到两三次便可以了。你愿意去帮忙么？"

梦鹿说："办这种事的人材济济，何必我去呢？况且我又不喜欢谈政治，也不喜欢当老爷。我这一生若把一件事做好了，也就够了。在多方面活动，个人和社会必定不会产出什么好结果，我还是教我的书罢。"

黄先生说："可是他们急于要一个人去帮忙，如果你不愿去，请嫂夫人去如何？"

“你问她，那是她的事。她昨天已对我说过了，我也没反对她去。”他于是向着楼上叫志能说：“妹妹，妹妹，请你下来，这里有事要同你商量。”妻子手里打着线活，慢慢地踱下楼来。他说：“黄先生要你去办党，你能办么？我看你有时虽然满口民族主义、民权主义、民生主义，若真是教你去做，你也未必能成。”妻子知道丈夫给她开玩笑，也就顺着说：“可不是，我哪有本领去办党呢？”

黄先生拦着说：“你别听梦鹿兄的话，他总想法子拦你，不要你出去做事。”他说着，对梦鹿笑。

他们正在谈着，孩子跑进来说：“婶婶，外面有一个人送信来，说要亲自交给你。”她立时放下手活说了一声“失陪”，便随着孩子出去了。梦鹿目送着她出了厅门，黄先生低声对他说：“你方才那些话，她听了不生气么？这教我也很难为

情。你这一说，她一定不肯去了。”梦鹿回答说：“不要紧，我常用这样的话激她。我看，现在有许多女子在公共机关服务，不上一年半载若不出差错，便要厌腻她们的事情，尤其是出洋回来的女学生，装束得怪模怪样，讲究的都是宴会跳舞，哪曾为所要做的事情预备过？她还算是好的。回国后还不十分洋化，可喜欢谈政治，办党的事情她也许会感兴趣，只与我不相投便了，但无论如何，我总不阻止她，只要她肯去办就成。”

他们说着，妻子又进来了。梦鹿问：“谁来的信，那么要紧？”

妻子腼腆地说：“是卓先生的，那个人做事，有时过于郑重，一封不要紧的信，也值得这样张罗！”说着，一面走到原处坐下做她的活。

丈夫说：“你始终没告诉我卓先生是干什么事的人。”妻子没说什么。他怕她有点不高兴，就问她黄先生要她去办党的事，她答应不答应。她没有拒绝，算是允许了。

黄先生得了她的允许，便站立起来，志能止住说：“现在快三点钟，请坐一回，用过点心再走未晚。”

黄先生说：“我正要请东野先生一同到会贤居去吃炒粉，不如我们都去罢，也把延禧带去。”

她说：“家里雇着厨子，倒叫客人请主人出去外头吃东西，实在难为情了。”

梦鹿站起来，向窗外一看，说：“不要紧，天早晴了。黄先生既然喜欢会贤居，让我做东，我们就一同陪着走走罢。”

妻子走到楼梯旁边顺便问她丈夫早晨去找雁潭的事，他摇摇头说："还没找着，过几天再打听去。他早已搬家了。"

妻子换好衣服下来，一手提着镜囊，一手拿着一个牛奶瓶子，对丈夫说："大哥，你今天忘了喝你的奶子了，还喝不喝？"

"噢，是的，我们正渴得慌，三个人分着喝完再走罢。"

妻子说："我不喝，你们二位喝罢。我叫他们拿两个杯来。"她顺手在门边按电铃。丈夫说："不必搅动他们了，这里有现成的茶杯，为什么不拿出来用？"他到墙角，把那古董柜开了，拿出一个茶碗，在抽屉里拿出一张白纸来揩拭几下，然后倒满了一杯递给客人。黄先生让了一回，就接过去了。他将瓶子送到唇边，把剩下的奶子全灌入嘴里。

妻子不觉笑起来，对客人说："你看我的大夫，喝牛乳像喝汽水一样，也不怕教客人笑话。"正说着，老妈子进来，妻回头对她说："没事了，你等着把瓶子拿去吧。噢，是的，你去把延禧少爷找来。"老妈应声出去了。她又转过来对黄先生笑说："你见过我丈夫的瓶子书架么？"

"哈，哈，见过！"

梦鹿笑着对黄先生说："那有什么希奇，她给我换了些很笨的木柜，我还觉得不方便哪。"

他们说着，便一同出门去了。

# 四

殷勤的家雀一破晓就在屋角连跳带噪，为报睡梦中人又是一天的起首。延禧看见天气晴朗，吃了早饭，一溜烟地就跑到学校园里种花去了。

那时学校的时针指着八点二十分，梦鹿提着他的书包进教务室，已有几位同事先在那里预备功课。不一会，上课铃响了。梦鹿这一堂是教延禧那班的历史，铃声还没止住，他已比学生先入了讲堂，在黑板上画沿革图。

他点名点到丁鉴，忽然想起昨天借了她的雨伞，允许今天给带回来，但他忘记了。他说："丁鉴，对不起，我忘了把你的雨伞带回来。"

丁鉴说："不要紧，下午请延禧带来，或我自己去取便了。"

她说到"延禧"时，同学在先生面前虽不敢怎样，坐在延禧后面的，却在暗地推着他的背脊。有些用书挡着向到教坛那面，对着她装鬼脸。

梦鹿想了一想，说："好，我不能失信，我就赶回去取来还你罢，下一堂是自由习作，不如调换上来，你们把文章做好，我再给你们讲历史，待我去请黄先生来指导你们。"他果然去把黄先生请来，对他说如此这般，便急跑回家办那不要紧的大事去了。大家都知道他的疯气，所以不觉得希奇。

这芳草街的寓所，忽然门铃怪响起来。老妈子一开门，看见他跑得气喘喘地，问他什么原故，他只回答："拿雨伞！"

老妈子看着他发怔，因为她想早晨的天气很好。妻子在楼上问是谁，老妈子替回答了。她下来看见梦鹿额上点点的汗，忙用自己的手巾替他擦。她说："什么事体，值得这样着急？"

他喘着说："我忘了把丁鉴的雨伞带回去！到上了课，才记起来，真是对不起她！"说完，拿着雨伞翻身就要走。

妻子把他揪住说："为什么不坐车子回来，跑得这样急喘喘地？且等一等，雇一辆车子回去罢。小小事情，也值得这么忙，明天带回去给她不是一样么？看你跑得这样急，若惹出病来，待要怎办？"

他不由得坐下，歇一回，笑说："我怎么没想到坐车子回来？"妻子在一旁替他拭额上的汗。

女仆雇车回来，不一会，门铃又响了。妻子心里像预先知道来的是谁，在老妈子要出去应门的时候告诉她说："若是卓先生来，就说我不在家。"老

妈子应声“哦”，便要到大门去。

梦鹿很诧异地对妻子说：“怎么你也学起官僚派头来了！明明在家，如何撒谎？”他拿着丁鉴的雨伞，望大门跑。女仆走得慢，门倒教他开了；来的果然是卓先生！

“夫人在家么？”

“在家。”梦鹿回答得很干脆。

“我可以见见她么？”

“请进来罢。”他领着卓先生进来，妻子坐在一边，像很纳闷。他对妻子说：“果然是卓先生来。”又对卓先生说：“失陪了，我还得到学校去。”

他回到学校来，三小时的功课上完，已经是十一点半了。他挟着习作本子跑到教务室去，屋里只有黄先生坐在那里看报。

“东野先生，功课都完了么？方才习作堂延禧问我‘安琪儿’怎解，我也不晓得要怎样给他解释，只对他说这是外国话，大概是‘神童’或是‘有翅膀的天使’的意思。依你的意思，要怎样解释？可怪人们偏爱用西洋翻来的字眼，好像西洋的老鸦，也叫得比中国的更有音节一般。”

“你说的大概是对的，这些新名词我也不大高明，我们从前所用的字眼，被人家骂做‘盲人瞎马的新名词’，但现在越来越新了，看过之后，有时总要想了一阵，才理会说的是什么意思，延禧最喜欢学那些怪字眼。说他不懂呢？他有时又写得像一点样子。说他懂呢？将他的东西拿去问他自己，有时他自己也莫名其妙，我们试找他的本子来看看。”

他拿起延禧的卷子一翻，看他自定的题目是“失恋的安琪儿”，底下加了两个字“小说”在括弧当中，梦鹿和黄先生一同念。

“失恋的安琪儿，收了翅膀，很可怜变成一只灰色的小丑鸭，在那蔷薇色的日光底下颤动。嘴里咒诅命运的使者，说：‘上帝呵，这是何等异常的不幸呢？’赤色的火焰像微波一样跟着夜幕蓦然地卷来，把她女性的美丽都吞咽了！这岂不又是一场赤色的火灾么？”

黄先生问：“什么叫做‘灰色的’、‘赤色的’、‘火灾’、‘上帝呵’等等，我全然不懂！这是什么话？”

梦鹿也笑了，“这就是他的笔法，他最喜欢在报上杂志上抄袭字眼，这都是从口袋里那本自抄的袖珍锦字翻出来的。我用了许多工夫给他改，也不成功，只得随着他所明白的顺一顺罢了。”

黄先生一面听着，一面提着书包望外走，临出门时，对梦鹿说：“昨天所谈的事，我已告诉了那位朋友，不晓得嫂夫人在什么时候能见他？”

梦鹿说：“等我回去再问问她罢。”他整整衣冠，把那些本子收在包里，然后到食堂去。

下午功课完了，他又去打听雁潭的地址，他回家的时候恰巧六点。女仆告诉他太太三点钟到澳门去了。她递给他一封信，梦鹿拆开一看，据说是她的姑母病危，电信到时已到开船时候，来不及等他，她应许三四天后回家。梦鹿心里也很难过，因为志能的亲人只剩下在澳门的姑母，万一有了危险，她一定会很伤心。

他到书房看见延禧在那里写字，便对他说："你婶婶到澳门去了，今晚上没有人给你讲书。你喜欢到长堤走走么？"孩子说："好罢，我跟叔叔去。"他又把日间所写的习作批评了一会，便和他出门去。

## 五

志能去了好几天没有消息，梦鹿也不理会。他只一心惦着找雁潭的下落，下完课，就在豪贤街一带打听。

又是一个下午，他经过一条小巷，恰巧遇见那个卖过鼠肉馄饨的，梦鹿已经把他忘掉，但他一见便说："先生，这几天常遇见，莫不是新近从别处搬到这附近来么？"梦鹿略一定神，才记起来。他摇头说："不，我不住在这附近，我只要找一个朋友。"他把事由给卖馄饨的述说一遍。真是凑巧，那人听了便说他知道，他把那家的情形对梦鹿说，梦鹿喜出望外，连说："对对！"他谢过那人，一直走到所说的地址。

那里是个营业的花园，花匠便是园主，就在园里一座小屋里住，挨近金鱼池那边还有两座小屋，一座堆着肥料和塘泥，旁边一座，屋脊上瓦块凌乱，间用茅草铺盖着，一扇残废的蚝壳窗，被一粘满泥浆的竹竿支住。地上一行小坳，是屋檐的溜水所滴成，破门里便是一厅一房，窗是开在房中的南墙上，所以厅里比较地

暗。

厅上只有一张黄到带出黑色的破竹床，一张三脚不齐的桌子，还有一条长凳。墙下两三个大小不等欲裂不裂的破烘炉，落在地下一掬烧了半截的杂柴。从一个炉里的残灰中还隐约透出些少零星的红焰。壁上除被炊烟薰得黝黑以外，没有什么装饰。桌上放着两双筷子和两个碗，一碗盛着不晓得吃过多少次的腐乳，一碗盛着萝卜，还有几荚落花生分散在旧报纸上。梦鹿看见这光景，心里想一定是那卖馄饨的说错了。他站在门外踌躇着，不敢动问屋里的人。在张望间，一个二十左右的女孩子从里间扶着一位瞎眼的老太太出来。她穿的虽是经过多数次补缀的衣服，却还光洁，黑油油的头发，映着一副不施脂粉的黄瘦脸庞，若教她披罗戴翠，人家便要赞她清俊；但是从百补的布衫衬出来，可就差远了。

梦鹿站了一会，想着雁潭的太太虽曾见过，可不像里头那位的模样，想还是打听明白再来，他又到花匠那里去。

屋里，女儿扶着老太太在竹床上，把筷子和饭碗递到她手里。自己对坐在那条长凳上，两条腿夹着桌腿，为的是使它不左右地摇幌，因为那桌子新近缺了一条腿，她还没叫木匠来修理。

“娘，今天有你喜欢的萝卜。”女儿随即挟起几块放在老太太碗里，那萝卜好像是专为她预备的，她还把花生剥好，尽数给了母亲，自己的碗里只有些腐乳。

“慧儿，你自己还没得吃，为什么把花生都给了我？”其实花生早已吃完了，女儿恐怕母亲知道她自己没有，故意把空荚捏得砰砰地响。她说："我这里还有呢。"正说着，梦鹿又回来，站在门外。

她回头见破门外那条泥泞的花径上，一个穿蓝布大褂的人在那里徘徊。起先以为是买花的人，并不介意。后来觉得他只在门外探头探脑，又以为他是"花公子"之流，急得放下饭碗，要把关不严的破门掩上。因为向来没有人在门外这样逗留过，女孩子的羞耻心使她忘了两腿是替那三腿不齐的桌子支撑着的，起来时，不提防，砰然一声，桌子翻了！母亲的碗还在手里，桌上的器具满都摔在地上，碎的碎，缺的缺，裂的裂了。

"什么原故？怎么就滑倒了？"瞎母亲虽没生气，却着急得她手里的筷子也掉在地上。

女儿没回答她，直到门边，要把破门掩上。梦鹿已进一步踏入门里。他很和蔼地对慧儿说："我是东野梦鹿，是雁潭哥的老同学，方才才知道你们搬到这里来。想你，就是环妹罢？我虽然没见过你，但知道你。"慧儿不晓得要怎样回答，门也关不成，站在一边发愣。梦鹿转眼看见瞎老太太在竹床上用破袖掩着那声泪俱尽的脸。身边放着半碗剩下的稀饭，地下破碗的片屑与菜酱狼藉得很，桌子翻倒的时候，正与他脚踏进来同时，是他眼见的。他

俯身把桌子扶起来，说："很对不起，搅扰你们的晚饭。"女儿这才蹲在地上，收拾那些残屑，屋里三个人都静默了，梦鹿和女孩子捡着碎片，只听见一块一块碗片相击的声，他总想不到雁潭的家会穷到这个地步。少停，他说一声"我一会儿回来"，便出门去了。

原来雁潭于前二年受聘到广州，只授了三天课，就一病不起。他有两个妹妹，一个名叫翠环，一个就叫慧儿。他的妻子是在东洋时候娶的。自他死后，不久便投到无着庵带发修行去了。老母因儿子死掉，更加上儿媳妇出家，悲伤已极。去年忽然来了一个人，自称为雁潭的朋友，献过许多殷勤，不到四个月，便送上二百元聘金，把翠环娶去。家人时常聚在一起，很热闹了一些时日。但过了不久，女婿忽然说要与翠环一同到美国留学去。他们离开广州以后大约二十天，翠环在太平洋中来信，说她已被卖，那人也没有踪迹了！

一天，母亲忽得了一封没贴邮票的欠资信，拆开是一幅小手绢，写着："环被卖，决计蹈海，痛极！书不成字。儿血。"她知道事情不好，可是"外江人"既没有亲戚，又不详知那人的乡里，帮忙的只有她自己的眼泪罢了。她本有网膜炎，每天紧握着那血绢，哭时便将它拭泪。

母亲哭瞎了，也没地方诉冤枉去。慧儿想着家里既有了残疾的母亲，又没有生利的人，于是不得不辍学。豪贤街的住宅因拖欠房租也被人驱逐了，母女们至终搬到这花园的破小屋。慧儿除做些活计，每天还替园主修叶，养花，饲鱼，汲水，凡园中轻省

的事，都是她做，借此过活。

自她们搬到花园里住，只有儿媳妇间中从庵里回来探望一下。梦鹿算是第一个男子，来拜访她们的。他原先以为这一家搬到花园里过清幽的生活，哪知道一来到，所见的都出乎他意料之外。

慧儿把那碗凉粥仍旧倒在沙锅里，安置在竹床底下，她正要到门边拿扫帚扫地，梦鹿已捧着一副磁碗盘进来说：“旧的碎了，正好换新的。我知道你们这顿饭给我搅扰了，非常对不起。我已经教茶居里给你们送一盘炒面来，待一会就到了。”瞎母亲还没有说什么，他自己便把条长凳子拉过一边来坐下。他说：“真对不起，惊扰了老伯母。伯母大概还记得我，我就是东野梦鹿。”

老太太听见他的声音，只用小手巾去擦她暗盲的眼，慧儿在旁边向梦鹿摇手，教他不要说。她用手势向他表示她哥哥已不在人间，梦鹿在访问雁潭住址的时候，也曾到过第五小学去打听。那学校的先生们告诉他雁潭到校不到两个星期便去世，家眷原先住在豪贤街，以后搬到那里或回籍，他们都不知道。他见老太太双眼看不见，料定是伤心过度。当然不要再提起雁潭的名字，但一时也想不出什么话来说。他愣着，坐在一边，还是老太太先用颤弱的声音告诉他两年来的经过。随后又说："现在我就指望着慧儿了。"她拉着女儿的手对她说："慧儿，这就是东野先生。你没见过他，你就称他做梦鹿哥哥罢。"她又转向梦鹿说："我们也不知道你在这里，若知道，景况一定不致这么苦了。"

梦鹿叹了一声说："都是我懒得写信所致，我自从回国以后，只给过你们两封信，那都是到广州一个月以内写的。我还记得第二封是告诉你们我要到梧州去就事。"

老太太说："可不是！我们一向以为你在梧州。"

梦鹿说："因为岳母不肯放我走，所以没去得成。"

老太太又告诉他："二儿和二媳妇在辛亥年正月也到过广州。但自四月以后，他们便一点消息也没有。后来才听他的朋友们说，他们俩在三月二十九晚闹革命被人杀死了。但他们的小婴孩，可惜也没下落。我们要到广州，也是因为要打听他们的下落，直到现在，一点死活的线索都找不出来，雁潭又死了！"她说到此地，悲痛的心制止了她的舌头。

梦鹿倾听着一声也没响，到听见老太太说起三月二十九的事，他才说："二哥我没会过，因为他在东京，我在冈山，他去不久，我便回国了，他是不是长得像雁潭一样？"

老太太说："不，他瘦得多，他不是学化学的么？庚戌那年，他回上海结婚，在家里制造什么炸药，不留神把左脸炸伤了，到病好以后，却只丢了一个耳朵。”

他听到此地，立刻站起来说：“吓！真的！那么令孙现在就在我家里。我这十几年来的谜，到现在才猜破了。”于是把他当日的情形细细地述说一遍，并告诉她延禧最近的光景。

老太太和慧儿听他这一说，自然转愁为喜。但老太太忽然摇头说：“没用处，没用处，慧儿怎能养得起他。我也瞎了，不能看见他，带他回来有什么用呢？”

梦鹿说：“当然我要培养他，教他成人，不用你挂虑。你和二妹都可以搬到我那里去住，我那里有的是房间。我方才就这样想着，现在加上这层关系，更是义不容辞了。后天来接你们。”他站起来说声“再见”，又从口袋里掏出一张钞票放在桌上说：“先用着罢，我快回去告诉延禧，教他大快乐一下。”他不等老太太说什么，大踏步跳出门去。在门窗下那枝支着蠔窗的竹竿，被他的脚踏着，窗户立即落下来。他自己也绊倒在地上，起来时，溅得一身泥。

慧儿赶着送出门，看他在那里整理衣服，说：“我给你擦擦罢。”他说声“不要紧，不要紧”，便出了园门。在道上又遇见那卖馄饨的，梦鹿直向着他行礼道谢。他莫名其妙，看见走远了，手里有意无意地敲着竹板，自己说：“吓，真奇怪啦！”



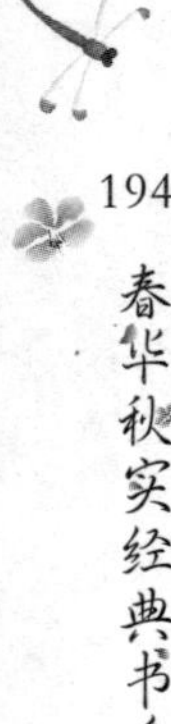

## 六

梦鹿回到家中，便嚷“延禧，延禧”，但没听见他回答。他到小孩的屋里，见他伏在桌上哭。他抚着孩子的背，问：“又受什么委屈啦，好孩子？”延禧摇着头，抽噎着说：“婶婶在天字码头给人打死了！”孩子告诉他，午后跟同学们到长堤去玩，经过天字码头，见一群人围着刑场，听说是枪毙什么反动分子，里头有五六个女的，他的同学们都钻入人圈里头看，出来告诉他说，人们都说里头有一个女的是法国留学生名叫志能，他们还断定是他的婶婶。他听到这话，不敢钻进去看，一气地跑回家来。

梦鹿不等他细说，赶紧跑上楼，把他妻子的东西翻查一下。他一向就没动过她的东西，所以她的秘密，他一点也不知道。他打开那个小黑箱，翻出一叠一叠的信，多半是洋文，他看不懂。他摇摇头自己说：“不至于罢？孩子听错了罢？”坐在一张木椅上，他搔搔头，搓搓手，想不出理由。最后他站起来，抽出他放钱钞的抽屉，发现里头多出好些张五十元的钞票，还有一张写给延禧的两万元支票。

自从志能回家以后，家政就不归梦鹿管了。但他用的钱，妻子还照数目每星期放在他的抽屉里。梦鹿自妻子管家以后，用钱也不用预算了，他抽屉里放着的，在名目上是他每月的薪水，但

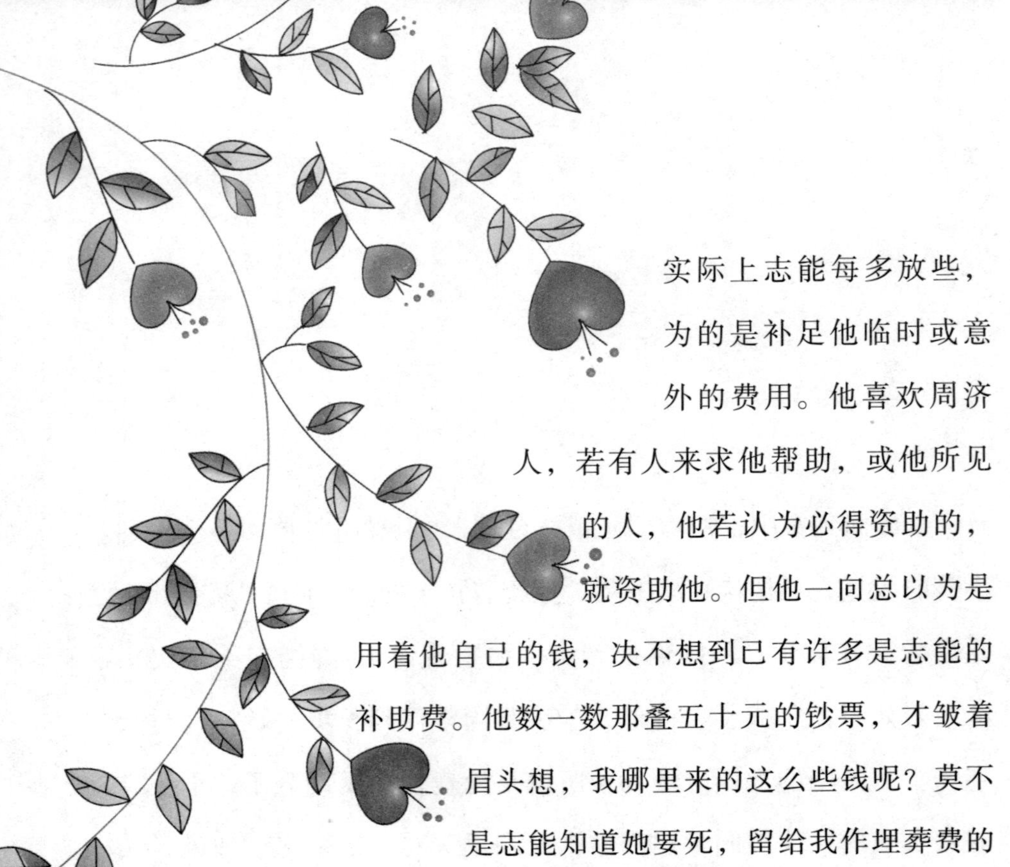

实际上志能每多放些，为的是补足他临时或意外的费用。他喜欢周济人，若有人来求他帮助，或他所见的人，他若认为必得资助的，就资助他。但他一向总以为是用着他自己的钱，决不想到已有许多是志能的补助费。他数一数那叠五十元的钞票，才皱着眉头想，我哪里来的这么些钱呢？莫不是志能知道她要死，留给我作埋葬费的么？不，她决不会去干什么秘密工作。不，她也许会。不然，她怎么老是鬼鬼祟祟，老说去赴会，老跟那卓先生在一起呢？也许那卓先生是与她同党罢？不，她决不是，不然，她为什么又应许黄先生去办市党部呢？是与不是的怀疑，使他越想越玄。他把钞票放在口袋里，正要出房门，无意中又看见志能镜台底下压着一封信。他抽出来一看，原来就是前几天卓先生送来的那封信，打开一看，满是洋文。他把从箱子捡出来的和那一封一起捧下楼来，告诉延禧说："你快去把黄先生请来，请他看看这些信里头说的都是什么。快去，马上就去。"他说着，自己也就飞也似的出门去了。

他一气跑到天宇码头，路上的灯还没有亮，可是见不着太阳了。刑场上围观的人们比较少些，笑骂的有人，谈论的有人，咒诅的也有人，可是垂着头发怜愍心的人，恐怕一个也没有。那几个女尸躺在地上裸露着，因为衣服都给人剥光了。人们要她们现丑，把她们排成种种难堪的姿势。梦鹿走进人圈里，向着陈尸一个一个地细认，谈论和旁观的人们自然用笑、侮辱的态度来对着他。他摇头说：“这像什么样子呢！”说着从人丛中钻出来，就在长堤一家百货店买了几匹白布，还到刑场去。他把那些尸体一个一个放好，还用白布盖着。天色已渐次昏黑了。他也认不清哪个是志能尸体，只把一个他以为就是的抱起来，便要走出人圈外，两个守兵上前去拦他，他就和他们理论起来，骂他们和观众没人道和没同情心，旁观的人见他太杀风景，有些骂他：“又不是你的老婆，你管这许多闲事。”有些说：“他们那么捣乱，死有余辜，何必这么好待他们？”有些说：“大概他也是反动分子罢！”有些说：“他这样做便是反动！”有些嚷“打”，有些嚷“杀”，嘈杂的声音都向着梦鹿的犯众的行为发出来。至终有些兵士和激烈的人们在群众喧哗中，把梦鹿包围起来，拳脚交加，把他打个半死。

巡警来了，梦鹿已经晕倒在血泊当中，群众还要求非把他送局严办不可。巡警搜查他的口袋，才知道他是谁，于是为他雇了一辆车，护送他回家。方才盖在尸头的白布，在他被扛上车时，仍旧一丝也没留存。那些可怜的尸体，仍裸露在铁石般的人圈当中，像已就屠的猪羊，毛被刮掉，横倒在屠户门外一般。

梦鹿躺在床上已有两三天，身上和头上的伤稍微好些，不过那双眼和那两只胳臂不见得能恢复原状。黄先生已经把志能的那叠信细看过一遍，内中多半是卓先生给她的情书，间或谈到政治，最后那封信，在黄先生看来，是志能致死的关键。那信的内容是卓先生一方面要她履行在欧洲所应许的事。一方面说时机紧迫，暴动在两三天以内便要办到。他猜那一定是党的活动，但他一句也不敢对梦鹿说起。他看见他的朋友在床上呻吟着怪可怜的，便走到他跟前问他要什么？梦鹿说把孩子叫来。

黄先生把延禧领到床前，梦鹿对他说："好孩子，你不要伤心，我已找着你的祖母和姑姑了。过一两天请黄先生去把她们接来同住。她们虽然很穷，可是你婶婶已给了你两万元。万一我有什么事故，还有黄先生可以照料你们。"孩子哭了，黄先生在旁边劝说："你叔叔过几天就好了，哭什么？回头我领你去见你祖母去。"他又对梦鹿说："东野先生，不必太失望，医生说不要紧。你只放心多歇几天就可以到学校上课去。你歇歇罢，待一会我先带孩子去见见他祖母，一切的事我替你办去得啦。"他拉着延禧下楼来，教先去把医生找来，再去见他祖母。

他在书房里踱着，忽听见街门的铃响，便出去应门。冲进来的不是别人，乃是志能。黄先生瞪眼看着她，一句话也说不出来。

志能问："为什么这样看我。"

黄先生说："大嫂！你……

你……”

“说来话长，我们进屋里再谈罢。”

黄先生从她手里接了一个小提包，随手掩上门。

志能问：“梦哥呢？”

“在楼上躺着咧。”

“莫不是为我走，就气病了？”

“唔！唔！”

他们到书房去。志能坐定，对黄先生说：“我实在对不起任何人，但我已尽了我的能力了。”

黄先生不明白她的意思，请她略为解释一下。志能便把她从前和卓先生在政治上秘密活动的经过略说了一遍。又说她不久才与他们脱离关系，因为对于工作的意见不同的原故。那天，她走的那天，卓先生来说他们的机密泄漏了，要藏在她家里暂避一两天。她没应许他，恐怕连累了梦鹿。她教他到澳门去避一下。不料他出门不久，便有人打电话来说他在道上教人捉住了。她想她有几位住在澳门的朋友与当局几位要人很有交情，便留下一封信给梦鹿，匆匆地出门，要搭船到那里去找他们，求他们援救。刚一出门，她又退回来。她怕万一她也遭卓先生一样的命运，在道上被人逮去。在自己的房里坐下，想了一会，她还是不顾一切，决定要去冒这分险，于是把

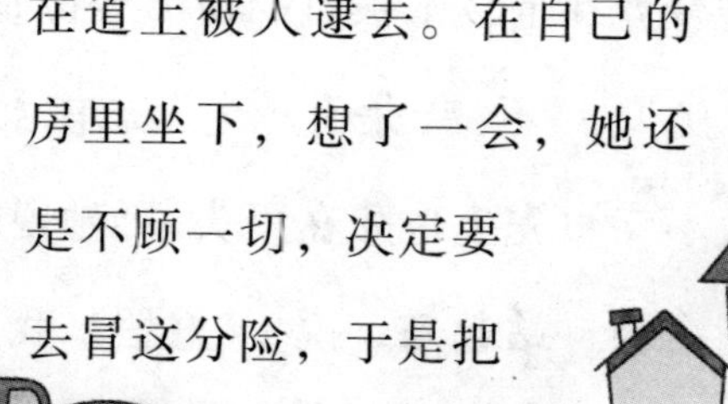

所余的现钱都移放在梦鹿的抽屉里，还签了一张支票给延禧。她想着纵然她的目的达不到，不能回家，梦鹿的生活一时也不至于受障碍。那时离开船的时候已经很近，她在仓促间什么都来不及检点，便赶到码头去了。

她到澳门，朋友们虽然找着，可都不肯援助，都说案情重大，不便出面求情，省得担当许多干系。在澳门奔走了好几天，一点结果都没有，不得已，只有回家。她在回家以前，已经知道许多旧同志们的命都完了。

志能说了许久，黄先生只是倾耳听着。她很懊恼地说："我希望这些事永远不会教我丈夫知道。我很惭愧，我不是一个好妻子，也不是一个好爱人，更不是一个革命家。最使我心痛的是我的行为证明了他们的话说：有资产的人们是不会革命的。"

黄先生说："他已多少知道一点你们的事。但你也不必悔恨，因为他自你去后，一点忿恨的神气却未曾发露出来，可见他还是爱你。至于说你不革命的话，那又未必然。你不是应许到党部去帮忙么？那不也是革命工作么？"

志能很诧异地说："他怎样知道呢？"

"你们的通信，他都教我看过，但我没告诉他什么。"黄先生又把梦鹿在刑场上被打的情形告诉她。

她说："不错，是有一个王志能女士，但他们用的都是假名字。这次不幸卓先生也死在里头。"她说时，现出很伤感的模样。她沉吟了一会，站起来，说："好罢，我要去求他饶恕，我要将一切的事情都告诉他。”

黄先生也站起来说：“你要仔细一点，医生说他的眼睛和胳臂都被打坏了。纵然能好，也是一个残废人了。所以最好先别对他说这些事，自然我知道他一定会饶恕你，但你得为他忍一忍。”

志能的眼眶红了。黄先生说：“我同你上去，等延禧回来，再同他去见他祖母。你知道东野先生最近把那孩子的家世发现了。一会他自然会告诉你。”志能没说什么，默默地随着上楼。

“东野先生，你看谁回来了！东野先生！”黄先生把门打开，让志能进去，然后反扣上门，一步一步下楼去等候延禧。

（选自《解放者》，星云堂书店 1933 年 4 月版）